अग्निपर्व

(उपन्यास)

अग्निपर्व

ऋता शुक्ल

भारतीय ज्ञानपीठ

लोकोदय ग्रन्थमाला : ग्रन्थांक 490

ISBN 978-93-263-5504-9

अग्नि-पर्व

(उपन्यास)

ऋता शुक्ल

तीसरा संस्करण : 2016

मूल्य : 100 रुपये

प्रकाशक : **भारतीय ज्ञानपीठ**

18, इन्स्टीट्यूशनल एरिया, लोदी रोड, नयी दिल्ली-110 003

मुद्रक : आर.के. ऑफसेट, दिल्ली

आवरण-चित्र : पुष्पकणा मुखर्जी

आवरण-सज्जा : ज्ञानपीठ कला प्रभाग

AGNI-PARVA

(Novel)

by Rita Shukla

Published by

Bharatiya Jnanpith

18, Institutional Area, Lodi Road, New Delhi-110 003

Ph. : 011-24698417, 24626467; 23241619 (Daryaganj)

Mob. : 9350536020; e-mail : bjnanpith@gmail.com

sales@jnanpith.net; website : www.jnanpith.net

Third Edition : 2016

Price : Rs. 100

जिस कोख में चेतना ढली
उस
'अक्षरा' के लिए,
जिस करुणा में जीवन पला
उस
तपी पुरुष के लिए
यह
'अग्निपर्व'

जननी, जनक
दोनों के लिए...
ऋता

सबद-साखी

नहीं बता सकती कि 'अग्निपर्व' जैसी रचना को जन्म देने की आकांक्षा मेरे मन में क्यों और कैसे बलवती हुई?

मनुष्य अपने छोटे-छोटे स्वार्थों को ही कितना बड़ा बना लेता है! अपने ही सुख-दु:ख को महत्तर मान लेना, अपनी ज़िन्दगी को अन्तिम मुकाम तक पहुँचाने के लिए प्राण-प्रण चेष्टा करना— लेकिन यह मुक़ाम है क्या?

अपने-अपने प्रकृतिगत कारणों से हर मनुष्य अपनी-अपनी मंज़िल का प्रारूप तय किया करता है। ग़रीबी की जद्दोजहद में पड़कर किसी की मानसिकता निरगुनिया सत्य धारण करती है, तो कोई भौतिक प्रतिस्पर्धा को सर्वस्व मानकर अपनी सुख-शान्ति को दम्भ के हाथों गिरवी रखने के लिए बाध्य होता है। किसी का अविवेक उसे सर्वनाशी अपराध के बीहड़ में भटका ले जाता है और कोई अपने मन के चौड़े पाट पर ढेर सारे सपनों की फसल उगाने के लिए सर्वव्यापी सुख-शान्ति का मोल चुकाने के लिए अग्नि-स्नान की तैयारी करता रहता है।

सुमेर सिंघ जैसा आदमी जटिलताओं से भरी इस दुनिया में हर दूसरे-तीसरे मोड़ पर मिल जाये, यह सहज नहीं...। यथार्थ की कठोर आँच सारे सपनों को झुलसा देती है। अपनों के अजनबी बन जाने का अभिशाप मामूली नहीं होता...फिर भी, कोई व्यक्ति सहज मानवीय संवेदना को कवच बनाकर, सदाशयी आस्था को अस्त्र मानकर जनारण्य की जटिलताओं से जूझने का संकल्प ले, तो उसकी जीवन-यात्रा दुस्तर होना ही है। ऐसा व्यक्ति अपने पूरे वजूद के साथ सारे अन्तर्विरोधों के बीच सामंजस्य की पहल करना चाहता है— और तब उसे एक महागाथा का प्रतिरूप मानकर सुख के छोटे-बड़े साँचे सिरजना और उनमें अपने ही अनुभव-सत्य को ढालकर एक नयी चित्रवीथि की कल्पना करना— यह जीवनधारी संज्ञा के एकाकी किन्तु कठिन प्रयास का साक्षी सत्य है, महामरण का

शेष राग ही इस गाथा की 'इति' नहीं...!

वास्तव में...यह अग्निपर्व जहाँ शेष होता है, वहीं इसके 'अथ' की मौन व्याप्ति है।

सुमेर सिंघ और कमला की तरह नीरवता का ताप झेलनेवाली कितनी ही संज्ञाएँ...साधना के दुस्तर पथ को क्रमशः पार करती, अपनी ज्वाला में दूसरों के लिए प्रकाश का सन्धान करती—कहाँ-कहाँ सिमटी पड़ी होंगी—उन अज्ञात की व अनाम देहधारियों की आस्था निस्सन्देह अमृत पीकर आयी होगी, तभी तो रिश्तों की रेत में मृगतृष्णा का भ्रम पालने के बदले अन्तश्चेतना की प्रामाणिकता को अर्थ देने वाली, मन के सूक्ष्म धरातल पर जीवन का सत्त्व ढूँढ़ने वाली वे अस्मिताएँ अन्तरंग सम्बन्धों के नवोन्मेष को सबसे ऊपर तरजीह दिया करती हैं।

स्वार्थजड़ित परिधि में, सशंकित मनःस्थितियों के सिकुड़े हुए दायरे में जन्म का ऋण चुकाने के लिए छद्म को ढोना ही ज़िन्दगी का उचित निबाह करना होता है या अपने सौजन्य को खोये बिना दुराग्रहवादी परम्पराओं के मिथ्या आवरण से अपने-आपको मुक्त कर लेना भी एक पथ हो सकता है। रक्त-मांस के सम्बन्धों में गुँथे हुए विघटनवादी विषैले प्रभावों से दूर मनोमय जगत के दिव्य बन्धन को अपने लिए शाश्वत प्राप्य मानकर कोई यात्रा जब आगे बढ़ती है तब पीछे के कितने ही पड़ाव साथ नहीं दे पाते, यह अनुभव ही इस अग्निपर्व की सबसे बड़ी रसद है और यह प्रतीति ही इसकी एकमात्र प्रतिबद्धता...!

मेरे इन पात्रों की छायाकृतियाँ जहाँ भी होंगी...अपनी पहचान इनके भीतर अवश्य पालेंगी—क्योंकि यह सबद-साखी अग्निपर्व उन्हीं के लिए है...!

—ऋता शुक्ल

टैगोर शिखर पथ,
मोराबादी, राँची
1 जून, 1990

अग्निपर्व

पुण्य और पाप की परिभाषा क्या होती है—आवर्जन और विसर्जन के बीच कौन-सी विभाजक रेखा खींची जाती है—रजुली को किसी ने नहीं बताया था। किसी योग्य गुरु से दीक्षा लेकर जीवन के अनन्त पृष्ठों को सूक्ष्मता से परखने की समझ भी उसमें नहीं थी। जेठ की दोपहरी में तपती हुई लू के थपेड़े झेलती, छोटी-सी पोटली में प्याज-रोटी और छाछ का कलेवा सहेजती, तपती हुई माटी पर जल्दी-जल्दी डग भरती उत्तरी सिवान के खेतों की ओर जाती रजुली का छोटा-सा यात्रा-क्रम प्रायः रोज ही बाधित होता...कभी रहरेठे की खूँट पाँव में चुभती, कभी बँसवारी में बैठी पीली चोंचवाली काली मैना अपने पर तोलती उसके आगे-पीछे फुदकने लगती।

ठहर दइमारी, हमारा रास्ता छोड़ दे...सच, रोटी लेकर देर से पहुँचने पर बाबू बहुत बिगड़ेंगे...अच्छा ले, ये दाने चुन, हमें जाने दे...।

अपने पिता के पास बैठी चौड़ी मेंड़ोंवाली सपाट धरती की विशालता को आँखों की परिधि में बाँधने की चेष्टा करती रजुली की दार्शनिक मुद्राएँ नित्य नये प्रश्नों के आकार ग्रहण किया करती थीं—

इस माटी में ऐसा क्या है बाबू...अभी उसी दिन तो तुमने बीज डाले थे...और देखो तो, इतना बड़ा चक देखते-ही-देखते कैसे अँखुआ गया है...।

बिरजू बड़े धैर्य से अपनी लाडली रजुली को समझाने का उपक्रम करते—धरती माता हरखित हैं बचिया...उनका रोआँ-रोआँ तुझे असीस रहा है। तू उनकी इतनी सेवा करती है न...इसीलिए तो ये बीज इतनी जल्दी अँकुरा गये...माटी की महिमा अपार है रजुली...छाछ का लोटा खाली करके बिरजू स्नेहभरी आँखों से रजुली को निहारते—अब घर जा बचिया, सीधी अपनी राह पकड़कर जाना, जियावन सिंघ के चक की ओर भूलकर भी गयी तो...

मकई के दूधिया दानों जैसे दाँत झलकाती...रजुली तनिक और पास आ जाती—

अभी हम घर नहीं जाएँगे बाबू...हमें थोड़ी देर यहीं बैठने दो न...आओ, तुम्हारा माथा दबा दें।

तू नहीं मानेगी। अच्छा, आ, इधर हमारे पास बैठ जा...। चौपाल के पिछवाड़े बसे फौजी सुमेर सिंघ के निरगुनिया बोल बिरजू के सधे हुए गले में पहले धीमी गुनगुनाहट और फिर क्रमशः ऊँचा आलाप बनकर ढलने लगते। रजुली की प्रश्न-विकल भंगिमाओं को शान्ति देने के लिए वे कबीर की बानी उधार लेते न जाने कहाँ खो जाया करते—

माटी ओढ़ना, माटी बिछौना, माटी है सिरहाना।
कहत कबीर सुनो भाई साधो माटी में मिल जाना।

आरा से बक्सर जानेवाली पक्की सड़क की बायीं ओर बसा हुआ छोटा-सा गाँव दहिवर।

बाबू राम जियावन सिंघ की तनी हुई मूँछों के डंक तले पलती, हलवाहों की छोटी-सी जमात के अगुवा थे—बिरजू। तीन पुश्तों से हल की मूठ पकड़ने वाली उन खुरदरी हथेलियों की सारी लकीरें जियावन सिंघ के बालापुर वाले खेत की चौड़ी-चकली छाती में हल की फाल बनकर उतरतीं, बीज के दाने बनकर माटी की भुरभुरी परतों में पनाह लेतीं और हरी-भरी फसल की शक्ल में अपनी बेहतरी के सपने देखती, साल-दर-साल खेत से खलिहान, खलिहान से बखरी और फिर बखरी से आरा के डोमन साहू के गोदाम तक का धूल भरा सफर तय करती, पराभव का दर्द पीकर चुप हो जाया करती थीं। उस रात, बिरजू ने मचान पर बैठे-बैठे न जाने किस देवता-पितर को मनाया था—अपने लिए नहीं, इस पूरे गाँव के लिए। हरवाह टोले की कोख से फूटते रमुआ, रजुली, सुन्नर और चुनली जैसे नन्हें-मुन्ने बिरवों की आँखों में साँझाबाती बनकर दीपनेवाले सपनों के लिए।

परभू मेरे, क्या हर साल की तरह हमारी अरदास खाली जाएगी? हमारी खपरैल में तुम्हारा बास नहीं हो सकता? चाँदी के खटोले में झूलती सोने की जड़ाऊ मूरत बनकर बाबा विसुनाथ की नगरी से ठाकुर की ऊँची इमारत में तुमने स्थायी वास ले लिया है—यदि यह सच है, तो हमारा उद्धार कौन करेगा?

पूरबी आकाश पर सूरज के उभरते हुए गोले के सामने निःशब्द माथा झुका कर बिरजू ने अपनी सोच को एक सुन्दर कल्पना का रूप दे डाला था—यह दिवास्वप्न था या उनके मन की अतल गहराई में युगों से सिमटी हुई कोई एक अधूरी साध थी, जिसने शिवाले के सुनहरे कलश की ऊँचाई का पूरक बनना चाहा था। बिरजू देख रहे थे—

हरवाह-पट्टी के सभी तिरिया-मानुख नये कपड़े पहने गोल बना-बनाकर

खुशी की उजास में डूबे बोल-बतिया रहे हैं। सुख-शान्ति का एक नया संसार उनकी फटेहाली के शाप से उन्हें सदा के लिए मुक्ति दिलाता हुआ हर खपरैल के ऐन सामने अनाज की ऊँची बखरी की शक्ल में जन्म ले चुका है। रजुली की माँ के माथे पर मुखियाइन भौजी की टिकुली से भी चमकदार टिकुली है—आसमान के माथे पर टँके अठन्नी के आकार वाले सूरज जैसी! लाल छींट की लहालोट चुनरी पहनकर दउरा में ठेकुआ, पूड़ी, अँकुरी (भींगा चना) सजाये नाक तक सिन्दूरी लकीर खींचकर वह अपने टोले की अगुवाइन बनी छठ-पूजन के लिए जा रही है—

अपना के मांगिले अवध सिन्होरवा
जनम-जनम अहिबात...छठि मइया...ऽऽ।

रजुली और रमुआ के शरीर पर नये वस्त्र हैं—उनके पैरों में जियावन सिंघ के बेटे-बेटियों की कामदार जूतियों जैसी नन्हीं-नन्हीं जूतियाँ। पीली-धोती पर गुलाबी पाग डाटे सबके आगे बिरजू हैं—

बोल भइया...जय गंगामाई की...!

कठफोड़वे के कर्कश स्वर ने बिरजू को यथार्थ की कठोर धरती पर ला पटका था। मैली-कुचैली मिरजई की जेब में पड़ी सुरती की नन्हीं डिबिया खोजने के लिए उद्यत हथेलियाँ अनायास माथे तक जा पहुँची थीं—

वह नयी गुलाबी पाग, अद्धी का वह कलफदार कुरता, बिवाई से भरी एड़ियों का कसकता हुआ दर्द पहली बार उनकी आत्मा की पोर-पोर में ढलता जा रहा था...। ऐसी असह्य पीड़ा की पहचान तो उन्हें तब भी नहीं हुई थी, जब अमीन ने उनके छोटे-से चक को जियावन सिंघ के बड़े खेत में मिला दिया था।

हम क्या करें भाई, तुम्हारा बाप मरने से पहले जियावन बाबू के नाम अँगूठे के निशान लगा गया है। यह देखो,...जमीन का यह पूरा कागज-पत्तर दो-दो गवाहनामे के साथ इनके नाम।

बिरजू का उबलता हुआ रक्त दराँती की तेज धार बनकर कंजी आँखों वाले उस अमीन की छाती में उतर जाने के लिए उन्मद हो उठा था। पुरखों के खून-पसीने से लहालोट भुँइ माता का आर्तनाद उनके कानों में खौलते हुए तेल की धार बनकर पड़ रहा था—कैसे प्रतिपाल हो बिरजू...तुम्हारी माँ को पराये हाथ छूने के लिए आगे बढ़ रहे हैं और तुम चुपचाप...

बिरजू की आँखों में खून छलक आया था—तू सामने से हट जा रजुली

की माँ, आज इस अमीन के बच्चे का खून हमारी भुजाली पिएगी...कालीमाई की कसम...जियावन सिंघ के षड्यन्त्र का पर्दाफाश नहीं किया तो हम भी अपने बाप के असल पूत नहीं...।

ओसारे की खपरैल में खोंसी गयी भुजाली लेकर बावले हुए बिरजू के पैर गूदड़ में लिपटी नन्हीं रजुली से जा टकराये थे—हमार किरिया, रजुली के बाबू...जेहल चलि जइब...डामिल फाँसी हो जायी। तहरा बाद...हमार आ हई नान्ह-नउर बचिया के कवन दुरगत होई...तू ना जाने पइब...। काँच के पीले मोती गुँथे काले सूत के हथहरे वाली गोल-मटोल कलाई पिता के गले में डालने का अबोध प्रयत्न करती छह महीने की रजुली के निष्पाप चेहरे ने उन्हें अपराध की दुनिया में जाने से बचा लिया था—

भुँईमाता, हमें माफी दे दो...हम असहाय हैं। तुम्हारे साथ हमारे परान बन्धक जा रहे हैं। माँ! बोलो क्या करें...हरवाह टोले के किसी बनिहार में इतना दम नहीं कि वह जियावन सिंघ के विरोध में खुल्लमखुल्ला हमारा साथ दे। हमने अकेले खून-खराबा कर ही दिया तो तुरत जेहल हो जाएगी। हमारे पीछे रजुली, उसकी माई और बोरसी की तरह सुलगते बूढ़े बाप की क्या दशा होगी...?

सुरुज बाबा का रथ जियावन सिंघ के पूरुबवर्ती खेत के उस पार जीयछ के जुड़वाँ पेड़ों के बीचों-बीच बिलम गया था—बिरजू की चेतना विगत का दंश भूलकर नये जन्म ले रहे ललछौहें आभास की अभ्यर्थना के लिए उत्सुक हो उठी थी। रजुली और रमुवा की माई ने तिरिया हठ पसार दिया था—

टोल-पड़ोस के सभ बालक पढ़ो, हमार सोन चिरइया काहे ना? रजुली आ रमुवा के सिकूल में भरती कराइ हम कुटिया-पिसिया कइके आमद उपरा लेब...।

बिरजू की हँसी पुआल के तिनकों-सी उड़कर मँझरिया वाली की अझुरायी लटों में अँटक गयी थी—

सिकूल नहीं—इस्कूल कहो भागवान...! कल को तुम्हारे रजुली रमुवा साहेब, मेम साहेब बन जाएँगे...तो सबसे पहिले तुम्हारी-हमारी भाखा के सौ दोख खोज निकालेंगे...।

उनकी अलसायी हुई पलकों के नीचे सूरज की मीठी जोत बनकर एक और सपन राग उमगने लगा था—

फौजी भाई के पास वाली छापे की तसवीर में जो गोरी-गोरी नरस है न...उससे भी सुन्दर लगेगी हमारी रजुली...बगुले के पाँख जैसी किनारीदार फरदी साड़ी...मूँड़ पर सहरी जूड़ा और गोड़ में मेमिनों जैसे एड़ीदार जूते...इसी सिवान

पर....बस से उतरकर भागती हुई सबसे पहिले हमारे पास आएगी...बाबूजी...तुम्हारी छाती का दरद कैसा है...? और दम फूलने की दवा लेते हो न...! और हमारा रमुवा? बड़ा होकर वह क्या बनेगा?

बिरजू...? ए बिरजू भाई...जब देखो तब औंघियाता रहता है मरदवा

दूसरे चक के मचान से दसरथ ने जोरदार टीप लगायी थी—

सचमुच आँख लग गयी थी, या देह-मन पर फिर कोई नया सोच सवार होने लगा था बिरजू...?

दशरथ ही नहीं सुन्नर, रघुबर, बैजू, सुखराम—हरवाह पट्टी का एक-एक सँवाग जानता था—बिरजू इस संसार में रहकर भी न जाने किस अनजानी दुनिया की भाखा बोलता है। इस माटी में रमकर भी न जाने किस नन्दन-कानन के सपने देखता रहता है।

बिरजू की मनोदशा को भाँपते हुए उनके बाल सखा दशरथ ने अपनी मचान से ही बेसुरा आलाप लिया था—

उठ जाग मुसाफिर भोर भयी...
अब रैन कहाँ...

जो सोवत है—बिरजू ने अपना अँगोछा फटकारते हुए अन्तिम बन्द पूरा किया था।

पा लागी पण्डिज्जी...! चौड़े त्रिपुंड के बीचों-बीच लाल टटका टीका लगाये...मोटी शिखा फहराते गुलथुल नगीना पण्डिज्जी को झपटते हुए शिवाले की ओर जाते देखकर बिरजू ने टोक दिया था।

इतनी जल्दबाजी काहे की पण्डिज्जी...हमने बंदगी की और आप हैं कि मुड़कर देखते भी नहीं...।

दाहिने हाथ की फूलडाली बायें में सँभालकर नगीना पण्डित जी एक क्षण के लिए दम साधने भर को रुके थे—

तुग लोगों को कुछ भी मालूम नहीं? बाबू साहेब के बड़कू की परिच्छा करने के लिए कुटुम्ब आ रहे हैं। बबुआइन चार बार पुछवा चुकी हैं। हमारे सपूत को भी आज ही बक्सर जाना था। भरत पण्डित रहते, तो कम-से-कम शिवाले की पूजा तो सँभाल लेते। हमारे तो प्राण साँसत में हैं, भाई...

जियावन सिंघ के बड़े बेटे अवधेश का लगन! बिरजू की बुझी हुई आँखों में अलाव बनकर कुछ सुलगने लगा था। हमेशा नशे में धुत रहने वाला ओड़हुल जैसी आँखों से क्रूरता टपकाता अवधेश—जियावन सिंघ का सबसे बड़ा सपूत...!

रजुली ने उन्हें बताया था—खाने की पोटली लेकर आती रजुली के आगे दैत्य की तरह अपनी दोनों बाँहें फैलाकर वह कई बार...

तुम गुस्सा थूक दो बाबू, रामू भइया ने घूँसे में उसे चित कर दिया था—सँपोला कहीं का, धरती पर लोटकर माफी माँगने लगा था—

तू हमारी बहिन है रजुली, माई की कसम, जो फिर कभी...।

बिरजू ने जियावन सिंघ के कानों तक बात पहुँचाने का फैसला किया था। रामू ने उन्हें मना लिया था—

आरा के इस्कूल में अवधेश और हम सँघतिया हैं, बाबूजी! किसी तरह चुपचाप हमको अपनी पढ़ाई पूरी कर लेने दीजिए, उसके बाद...

अपने से ऊँचे कदवाले बेटे की गम्भीर बात सुनकर बिरजू की छाती में ऐसा नर्म एहसास अपने पूरे अभिमान के साथ जनम आया था—एक अधूरे सपने की पूर्णाहुति का एहसास। बेटे के परामर्श को निश्छल बालभाव से समर्थन देते वे अपने काम में जुट गये थे।

तम्बाकू की चुटकी मुँह में दबाकर बँसवारी की ओर बढ़ने लगे थे, तभी फौजी भाई ने पीछे से आवाज दी थी—हाल्ट बिरजू...हाल्ट। कहाँ जाता है?

बिरजू के चेहरे पर एक आदर भरी पुलक उमड़ आयी थी—परनाम, फौजी भाई।

खाकी वर्दीनुमा कुरते के नीचे सफेद तहमद बाँधे, टूटे हुए तस्मों वाले पुराने बूट पहने सुमेर सिंघ उनके बिलकुल निकट आ गये थे...।

बिरजू की सोच का सिरा उनकी अजीबो-गरीब जिन्दगी में उलझ गया था।

दस साल पहले, गाँव के सिवान पर खाकी रंग की एक मिलिट्री गाड़ी रुकी थी—क्यों भाई, बाबू जियावन सिंघ के मकान तक ले चलोगे? अपनी पेटी और बिस्तरबन्द उठाने की कोशिश करते हुए उस वर्दीधारी आदमी ने बिरजू को इशारे से अपने पास बुलाया था।

जयहिन्द, किरपाल भाई...। नहीं-नहीं हमारे लिए डिटेन होने की जरूरत नहीं। आप लोगों को आज ही छावनी पहुँचना है, आप बढ़ें।

ठीक है...। जिन्दगी रही तो फिर मिलेंगे...हमारे लिए दुआ करते रहना, क्रिरपाल भाई! रामजी की सौगन्ध तुम बहुत याद आओगे, खत डालना।

अच्छा, सुमेर भाई...! गाँव में अपनी व्यवस्था ठीक-ठाक कर लो। कोई बात हो तो हमें लिखना न भूलना। अच्छा, वाहेगुरु तुम्हें सलामत रखे। हम चलते हैं, भाई!

मिलिट्री वाली गाड़ी के गुजर जाने के बाद भी पेट्रोल की गन्ध और धुएँ को अपने नथुनों में भरता वह आदमी देर तक वहीं खड़ा रहा था।

अब चलेंगे भी?

हाँ-हाँ...चौंककर उसने अपना बिस्तरबन्द उठाना चाहा था—रहने, दीजिए।

बिरजू से नहीं रहा गया था—

इस गाँव में कैसे?

उस फौजी ने ठिठककर उनकी ओर देखा था—जियावन सिंघ हमारे छोटे भाई हैं! हमने फौजी जिन्दगी से छुट्टी ले ली है, अब यहीं गाँव में ही रहने के इरादे से चले आये हैं।

बीस वर्षों के बाद गाँव लौटे सगे बड़े भाई का कैसा अजूबा सत्कार किया था जियावन सिंघ ने। हुलास से भरी अँकवार-भेंट तो एक ओर, लोटाभर पानी और गुड़हा बताशे का भी टोटा पड़ गया था क्या? जियावन सिंघ का चेहरा बुझी हुई चिलम जैसा क्यों हो गया था? फौजी सुमेर सिंघ ने अपना बिस्तर-बन्द दालान के एक किनारे डाल दिया था—

बिरजू...यह लो भाई...सामान ढोआई के पैसे तो रख लो।

बबुआने के किसी भी सँवाग के मुँह से ऐसा नरमी भरा बोल सुनकर बिरजू के कलेजे में न जाने कैसी एक मरोड़-सी उठने लगी थी—

नहीं, बाबू साहेब...!

सुमेर सिंघ की उमेठी हुई कड़कदार मूँछें मखनिया हँसी की चिकनाहट से लबालब भर उठी थीं—

अरे, मेहरारू जइसा सरमाता काहे है बिरादर...यह तो तुम्हारा हक हुआ। यह लो...।

धोती की चेंट में रुपया सहेजकर बिरजू मुड़ने लगे थे तो सुमेर सिंघ ने ओसारे से ही हाँक लगायी थी—एक बात याद रखना बिरजू राम, हक मारने वाला जितना गुनहगार होता है, हक छोड़नेवाला भी उतना ही...क्या समझे...?

सुमेर सिंघ के अट्टहास ने जियावन की पक्की हवेली को एकबारगी हिलाकर रख दिया था।

जियावन..., फौज छोड़कर आने लगे थे—तब यारों ने बहुतेरा समझाया था—गाँव का हवा-पानी अब तुम्हें रास नहीं आएगा सुमेर..., खाई-खन्दकों, तम्बुओं-कनातों में खुले आसमान के नीचे खानाबदोश जिन्दगी गुजारने वाले को एक ही जगह चुपचाप बैठा दिया जाये तो उसके लिए समय बिताना दुष्कर हो जाएगा।

हमने किरपाल सिंघ और रजिन्दर तिवारी की बात पर तनिक ध्यान नहीं दिया था। अपने गाँव की भुरभुरी माटी को माथे पर लगाकर जिन्दगी के बाकी बचे दिन गाँववालों की खिदमत में गुजार दिये जायें—यही सोचकर समय से पहले ही पेंशन की अरजी दे दी थी...लेकिन...

बिरजू ने साफ देखा था—

सुमेर सिंघ की बातें सुनकर जियावन सिंघ के मुँह का स्वाद कसैला हो आया था।

पच्चीस साल पहले...नयी उठान वाले सुमेर सिंघ को बक्सर छावनी के रंगरूटों का साथ मिल गया था। मैट्रिक की परीक्षा देने के बाद खाली समय में दिन-दिन भर छावनी की गर्द फाँकते रहना....जवानों की कवायद को, उनके कदम-ताल को, उनकी कसरती देह को चुपचाप देखने वाले सुमेर सिंघ को विंग कमांडर अजीमुल्ला खान ने अपने पास बुलाया था—

बच्चे, तुम्हारी उमर कम है। यदि तुम सचमुच फौज में भरती होना चाहते हो तो तुम्हें कम-से-कम दो साल इन्तजार करना पड़ेगा।

सुमेर सिंघ के दृढ़निश्चय को सुनकर घर-आँगन में सोग उमड़ आया था—

खानदान का सबसे बड़ा पूत फौज में जाएगा? सबसे अधिक बिलखकर उनकी अम्मा ने बैन कढ़ाये थे—

बबुआ, एही दिनवा-रतिया खातिर पोसले रहलीं हो, बबुआ!
अइसन निरमोहिया काहे भइल हो, बबुआऽ।

अपनी माँ से सबसे बढ़कर लगाव रखने वाले सुमेर सिंघ की हिम्मत पस्त होने लगी थी—माई! तुमसे यह किसने कह दिया कि फौज में जानेवाले सिपाही कभी पलटते ही नहीं? साल भर, छह महीने में छुट्टी का जोगाड़ लगते ही हम तुम्हारे पास आ जाएँगे। लो, तुम्हारे चरन छूकर सौगन्ध लेते हैं—हर हफ्ते अपनी राजी-खुशी की पाती जरूर डालेंगे।

सुमेर सिंघ की माई ने एक दूसरा हठ पसार दिया था—

सुमेर के बाबूजी, हम आपके गोड़ परते हैं! हमारी एक आस पुजा दीजिए। काम पर जाने से पहले हमारे सुमेर के आठों अंग में हरदी चढ़े...एक धान-पान जैसी पुतोहू घर में आ जाये तो हमारी आत्मा की कलप कम हो।

सुमेर सिंह ने बिरजू को बताया था—

हमारा हाल मत पूछो, बिरजू भाई। माई की बात रखने का सवाल ही नहीं

था...तुम्हीं सोचो न, बलि-पशु की तरह वह निरीह इस घर के खूँटे से बँधी रहती और हम जंगल-बियाबान की खाक छानते फिरते...। माई ने मोहनपुर करजा के बलिराम सिंघ के यहाँ कहाव तक भिजवा दिया था। वह तो हमने जी कड़ा किया और आधी रात में गाँव छोड़कर चुपचाप पलटनिया जमात में शामिल हो गये। जम्मू जाने वाली गाड़ी में जब तक हमारी टोली बैठ नहीं गयी, तब तक माई का हठ हमें आतंकित करता रहा था।

बिरजू को न जाने क्या सूझी थी—वे ठिठककर सुमेर सिंघ के चेहरे की ओर एकटक देखने लगे थे—प्रौढ़ता की सीमारेखा पार करते चेहरे की गोराई ललछौंही रंगत में बदलती हुई कनपटियों के पास सफेदी की हल्की धारियाँ, मूँछ के घने काले बालों में कहीं-कहीं सफेदी ऐसी चढ़ आयी थी; जैसे खल्ली का बुरादा उड़कर जमा हो गया हो। सुमेर सिंह की आँखों में एकटक देखना बिरजू काका को बहुत ही अच्छा लगता था—उगते हुए सूरज की तरोताजा जोत का आभास होता था उन आँखों में।

ऐसे एकटक क्या देख रहे हो...बिरजू भाई...?

दूसरा दिन होता तो बिरजू ठिठोली के रस में उमड़ पड़ते—

कौन कहेगा कि आप पचास के पास पहुँच चुके हैं, सुमेर भाई! अभी भी बखत है—आपकी उँगली हिले और हम आपका लगन नहीं करा दें तो...।

सुमेर सिंघ उन्हें घुड़ककर एक जोरदार हँसी हँसते...और बात वहीं खत्म हो जाती...।

बिरजू ने बैलों को टिटकारी देकर खेतों की ओर ले जाते हरवाहों की जमात को देखा और गुमसुम मेंड़ बदलकर काली थान की ओर बढ़ने लगे—

यह आज तुम्हें हो क्या गया है बिरजू भाई...? तुम्हारी तबीयत तो ठीक है न...? देखूँ...माथा देखूँ जरा...।

बिरजू ने सुमेर सिंघ का दाहिना हाथ अपनी खुरदरी हथेली में थाम लिया था—

एक बात पूछनी थी, सुमेरसिंघ जी...!

देखो भाई, हजार बार कहा, हम भी तुम्हारे भाई-बंद-जैसे हैं। उमर में तुमसे कुछ साल बड़े हैं तो क्या...तुम हमें सुमेर भाई तो कह सकते हो न...।

बिरजू की थाहती हुई आँखों की धार से सकुचाकर सुमेर सिंघ ने बात बदल दी थी—

सच, कब किस वक्त तुम्हारा क्या रूप होगा, हमें इसकी पहचान नहीं। अच्छा बताओ भी, हुआ क्या...?

आपको कुछ भी नहीं मालूम, अवधेश के अगुआ आ रहे हैं—वही, मोहनपुर करजा वाले...। बलिराम सिंघ की बड़की पोती के लिए...। अपनी आँख के सामने यह अनरथ होते देखते रहिएगा, सुमेर सिंघ जी? भगवान के लिए उस अबोध धिया जात की जिनगी बरबाद होने से बचाइए...।

सुमेर सिंघ ने अपनी अधमैली वरदी के दाहिने सीने पर धीरे से हाथ फिराया था—कानपुर वाली घटना उन्हें भीतर तक झकझोर गयी थी। ब्रिगेडियर राम परताप की इकलौती बिटिया को एक दरजी के लड़के ने फुसलाकर सारे गहने-लत्ते समेत घर से भाग चलने की योजना बनायी थी। ब्रिगेडियर की मेमसाहब को पहले ही भनक मिल गयी थी। सुमेर सिंघ की तलब हुई थी—तुम हमारे सुख-दुःख के साझीदार हो सुमेर...यदि उस छोकरे की चाल कामयाब हो गयी, तो हम कहीं मुँह दिखाने लायक नहीं रहेंगे...।

सुमेर सिंघ ने रात-रात भर जगकर बँगले की चौकसी की थी। साजिश वाले दिन कल्लू दरजी का बेटा नसैनी के सहारे चढ़ता हुआ ऐन वक्त पर पकड़ा गया था। मार के डर से उसने सारी बात खुलासा कह दी थी—

हम बनारस ले जाकर उसे गोदौलिया की बाई जी के हाथों....

ब्रिगेडियर की बेटी कमला खड़ी-खड़ी अचेत हो गयी थी। अगले ही महीने वह परिवार बदली लेकर जाने लगा था, तब ब्रिगेडियर की आँखें आँसुओं से लबालब भर आयी थीं—

तुमने हमें इज्जत बख्शी, सुमेर! हमें महानाश से बचाया, भाई! इतनी बड़ी सुरक्षा तो हमारा सगा भाई भी शायद नहीं दे पाता।

बाबू बलिराम सिंघ की पोती के साथ अवधेश का रिश्ता?...दुखिया के इनार तक पहुँचते हुए सुमेर सिंघ के मन की कोई भीतरी परत सहसा चटक उठी थी—

माई ने बलिराम सिंघ की बिटिया के साथ उनके ब्याह का सगुन उचारा था—उसी घर की यह लड़की...?

आम के पल्लव से सजे पीले धागे वाली एक नाजुक कलाई सुमेरसिंघ की स्मृतियों में चुपके-से उभर आयी थी—आज यदि माई का प्रस्ताव पूरा हो गया रहता तो...

कृषि-सम्पदा को जीवन का मूल मन्त्र मानने वाले बाबू बलिराम सिंघ दियर के सबसे सम्पन्न व्यक्तियों में गिने जाते थे—अगहनी, भदई और रब्बी—साल में तीन-तीन फसलों के हकदार। ट्रैक्टर पर ऊँचा मुरेठा बाँधकर निकलते तो टोला-मुहल्ला सिहा जाता। आर्दा नक्षत्र में धान की रोपनी हो या उत्तरा में

पानी की निकासी का प्रबन्ध—हथिया नक्षत्र की धारासार वर्षा में भींगकर लहालोट होते बिरवों का उल्लास हो या विशाखा में पौधों के पनपने की प्रतीक्षा—बाबू बलिराम सिंघ के चेहरे की आब सोनकेशी धरती की आभा के अनुरूप चढ़ती-उतरती रहती...। गाँव-जवार के कुटुम्बों से आये दिन दालान गुलजार होती रहती थी...। दूध-दही, पूये-पकवान; सेवा टहल—किसी के लिए किसी बात की कमी नहीं होनी चाहिए।

बाबू बलिराम सिंघ का मुँहलगा बनिहार हरखू ही पहली बार सुजाता की लग्नपत्री पहुँचाने दहिवर आया था। एकान्त पाकर बिरजू को उसने अपने मन की बात बतायी थी—

लगन बराबरी में होखे के चाही बिरजू भइयवा...तहरा दुःख मत लागे...। जियावन मालिक के नामे जियावन वा, उनका जीव नइखे...

हरखू को सबसे बड़ा मलाल इस बात का था कि आन गाँव का पाहुन होने के बावजूद उसे गोहाल में ठहराया गया—गोबर-गोमूत की सड़ाँध और डंक जैसे मच्छरों के बीच...और विदाई में सूखा-सूखी एक खरहरा गमछा और दो रुपये हथेली पर धर दिये गये—न कन्हावर, न कुरते का कपड़ा, न गुड़ की चाकी और न ही...कोई विशेष खातिरदारी...

बिरजू भइयवा, हमरा गाँव में तू गइल रहित त—मलिकार तहरा के चाँदी में मढ़वा के भेजिते। अइसन अपमान ना होइत....

हरखू को विदा करने के लिए बिरजू सिवान तक गये थे—

जो हुआ सो हुआ, उसे भूल जाना हरखू भाई...हमारे गाँव की आन तुम्हारे हाथ है...बलिराम बाबू के सामने कुछ भी नहीं....।

शिवाले के पास वाले बोरिंग पर आकर सुमेर सिंघ ने बिरजू को आश्वस्त किया था—

तुम अपने काम पर जाओ भाई। हम भी अपनी रसोई राँध लें, अन्नपूर्णा का भोग लगा लें, फिर निकलेंगे...। एक बार जियावन से खुलकर बात करनी होगी...देखो, अगर समझाने से समझ जाये तो...

अपनी कोठरी का किवाड़ भिड़काकर वे रोटी-पानी के उपक्रम में लग गये थे—पीतल की बटलोई से निकाले गये मुट्ठीभर आटे की टिक्कड़ जैसी मोटी-मोटी रोटियाँ—पवड़े की आग में सिकी हुई...। आलू-बैंगन का भुरता और लोटा भर छाछ...। भोजन से निवृत्त हुए तो रसोई की बिखरी हुई चीज-बतुस को समेटने में थोड़ा समय लगा। संसार की चलती हुई चक्की के दो पाटों में पिसने से जिन्होंने साफ इनकार कर दिया हो—सुमेर सिंघ अपने-आपको ऐसे

लोगों की पाँत में सबसे पीछे रखकर गहन परितृप्ति का अनुभव करते थे। छोटे भाई जियावन के घर में रहने का अर्थ होता—अपनी स्वाधीनता को हमेशा-हमेशा के लिए गिरवी रख देना। जियावन दो रोटियाँ देकर सौ एहसान जनाता...गोहाल गोठ में बँधे मवेशियों से भी बदतर हालत होकर रह जाती...। सुमेर सिंघ ने दो-टूक मना कर दिया था—

हमें तुम्हारे खेत-बघार से कुछ भी लेना-देना नहीं है जियावन...। यह मत समझना कि बाप-दादों की मिल्कीयत में हिस्सा बँटाने के लिए हम लौट आये हैं। बरसों ये हाथ लोहे की नालियों को माँजते-चमकाते रहे...हाकिम के हुकुम की तामील करते रहे...! फौज की जिन्दगी जीते हुए इस गाँव की, अपने भाई-बन्दों की यादें पुरवाई बनकर सीने से लिपट जाती थीं, और सच कहूँ तब...एक अगिन राग उमड़ने लगता था...चलो, एक बार अपने गाँव की ओर चलो....। क्या वहाँ के लिए तुम्हारा कोई फर्ज नहीं...?

जियावन सिंघ के हुक्के से कटाक्ष मिश्रित वितृष्णा का सुर फूटा था—

जिनगी भर गोला-बारूद सेते रहे। मरती बेर माटी की महिमा गाने चले हैं। यह क्यों नहीं कहते कि...

सुमेर सिंघ की अनुभवी आँखें अवमानना की उस प्रबलता को थाहती हुई स्तब्ध रह गयी थीं।

क्या सचमुच उन्होंने गाँव आकर एक बड़ी भूल कर दी?

जल-जलकर बुझ चुके हुक्के की गुड़गुड़ाहट मौन होने से पहले उन्हें बहुत कुछ समझा गयी थी—

फलसफे और हकीकत में सचमुच बहुत बड़ा फर्क होता है...मन की भुरभुरी परत के भीतर, सहेजकर छिपाये गये कोमल भावों के पनपने की भी शायद एक ऋतु होती है, एक आधार होता है। सुमेर, तुम आजीवन विदेह रहे....जब आयु थी—कभी स्वगेही बनने की कोई कल्पना तुम्हारी आँखों में नहीं कौंधी। अपनी आत्मा के अंश का कभी कोई प्रतिदान तुमने नहीं चाहा...अब, उतरती हुई दोपहरी में तुम कौन-सी आशा लेकर यहाँ लौटे हो? क्या यह घर वही घर है, जिसे छोड़कर तुम गये थे? क्या जियावन वही है? आज माई रहती तो...।

कोना मुड़ा हुआ बाबूजी का अन्तिम पोस्टकार्ड हरफ-दर-हरफ उनकी आँखों के सामने उभर आया था—

माई तुम्हारी आस में कलपती चली गयी, बबुआऽऽ। जब तक होस में रही...टकटकी लगाये चौखट निहारती रही...सारा दोस अपने भाग का है...विधाता

को भी न जाने किस जनम का वैर साधना था...तुम फउजी नहीं हुए रहते तो वह हमें बीच मँझधार में इस तरह अकेला छोड़कर...।

माई के श्राद्ध के सप्ताह भर बाद वह पोस्ट कार्ड मिला था। लद्दाख की बर्फीली खन्दक में उनका रोआँ-रोआँ चिताग्नि बनकर सुलग उठा था।

आला अफसर ने अपने कैम्प में बुलाया तो वे बेसाख्ता फफक पड़े थे—बरखुरदार, हौसला रखो...। बहादुरी से काम लो, सुमेर! अच्छा यह बताओ, घर जाना चाहते हो...?

एक नीरव अस्वीकार उनकी भीगी हुई पलकों में था—अब किसलिए जाना...चरित्रवन के घाट पर माई की चिता कब की बुझ चुकी होगी...। बची हुई भस्मी लग्गी से ठेलकर गंगा जी की धार में सिरा दी गयी होगी...सोने की कील ठुके दाँतों वाला, सरसों की क्यारी जैसा सदा बिहँसता माई का चेहरा, बाजरे की छरहरी पौध-जैसी दिन भर में इधर-उधर डोलती उसकी काया—उसका समूचा वजूद माटी में मिल गया होगा। घुटा हुआ सिर लिये घंट-पीपल को जल चढ़ाते बाबूजी की आँखों का अथाह सूनापन उनसे सह्य नहीं होगा।

नहीं, सर! मैं गाँव नहीं जाऊँगा। उस रात का हर पल लैम्प की मद्धिम रोशनी में माई की एक-एक स्मृति को अपने मन में सहेजते हुए उन्होंने निपट अकेले बिताया था—

माटी ओढ़ना, माटी बिछौना, माटी है सिरहाना....

कबीर अपने बीजक के सबद-सत्य के साथ उनके मन की गहराई में पैठते जा रहे थे। नहीं, वह श्मशान-वैराग्य नहीं था, सुमेर सिंघ के उचाट मन को बोध देनेवाली उनकी अपनी ही बानी थी...दीये की बाती से फूटती लौ-जैसी...।

जियावन सिंघ की आशंकाओं के निराकरण का क्षण आया था, तब भी उनकी अन्तरात्मा उनके रू-ब-रू खड़ी हो गयी थी—

विधाता ने तुम्हें बहुत ही कोमल मन दिया था सुमेर, इसीलिए तुम्हारी बुनावट इतनी कमजोर है। अपने-पराये के बीच भेद नहीं मानकर जिस शान से फौज की जिन्दगी जी चुके हो, उसी की कल्पना यहाँ करने चले हो...। जियावन तुम्हारा सहोदर है लेकिन उसकी आँखों में तुम्हारे लिए घृणा है। वह तुम्हें मान-सम्मान नहीं दे सकता...उल्टे तुमसे आतंकित है...। बालू की भीतों से बना घर तुम्हें कौन-सी सुरक्षा देगा सुमेर सिंघ...तुम कितने बावले थे। एक पूरा जनम बाहर बिताकर इस गाँव में तुम्हारा लौटना आखिर किसलिए हुआ था...

सुमेर सिंघ ने एक नयी लड़ाई के लिए अपने-आपको तैयार किया था—शिवाले के पास वाली पाठशाला में एक छप्पर-बन्दी अपने लिए...मूँज की खरहरी

खाट पर पतला-सा कम्बल...दो जोड़ी कपड़े, सन्दूक में भरी हुई पुरानी-पोथियाँ और बरमपुर मेले में खिंचवायी गयी माई की एक धुँधली पड़ी तस्वीर...।

बिरजू भाई, हरवाह टोले के सभी बच्चों को कल से ही हमारे पास भेजो...। हम उन्हें अक्षर-ज्ञान देंगे।

रजुली...सुमेरसिंघ की सबसे मुँहलगी छात्रा...। काका गुरुजी! कल आपने पाँचों पांडवों की कहानी शुरू की थी—पांडव...अपनी माता सहित लाह के बने घर से साबुत निकल गये थे...फिर उसके बाद क्या हुआ था...काका गुरु जी?

उस दिन रजुली अपने प्रश्नों के जवाब में सुमेर सिंघ की गहरी अन्यमनस्कता देखकर खीझ उठी थी—

आपका मन कहीं और है काका गुरु जी...जाइए, हम आपसे नहीं बोलते...।

तू घर जा, बिटिया! रामू, जीवा, किसनी...सब लोग अपनी तख्तियाँ समेट लो। आज हमारा जी अच्छा नहीं है। हम यहीं इसी नीम के नीचे थोड़ी देर चुपचाप लेटना चाहते हैं। अरे हाँ, रजुली! अपने बाबूजी से कुछ भी नहीं बताना बिटिया...उन्हें नाहक परेशानी होगी...।

एकाकी लेटे सुमेरसिंघ की आँखें नीम की गहरी हरियाली छाँह को अपने भीतर भरपूर समेटने की कोशिश में नाजुक टहनियों के बीच उलझकर रह गयी थीं...। ठंडी बयार बनकर कोई भूला-बिसरा झोंका उनके कानों में चुपके-से न जाने क्या कह गया था। बलिराम सिंघ की बड़ी बिटिया शिव-पूजन के लिए बरमपुर के मेले में आयी हुई थी...चौड़े लाल पाड़ की महीन पीली साड़ी...आँचल पर लखनउवा बेलबूटे...। मन्दिर की सीढ़ियों पर चढ़ने लगी थी, तभी धनेसरा फुआ ने कानों में फुसफुसाकर कहा था—ठीक से निहार लऽ इहे तहार दुलहिनिया हई बबुआऽ। चनरमा के जोत अइसन सुन्नर...राम-जानकी के जोड़ी भले सोभी...। किशोर सुमेर के कान लाल होकर सुलग उठे थे। अपनी मुँहबोली फुआ को उन्होंने आँखों-ही-आँखों में बरज दिया था—

खबरदार फुआ, कहीं उसने सुन लिया तो...

मन्दिर से पूजा करके लौटे तो मेले की भीड़ में खो गयी। उस सुन्दरता को एक नजर दुबारा देखने की आस उन्हें चूड़ीहाट की ओर खींच ले गयी थी।

लाल कामदार चूड़ियों से सजी कलाइयों को मुग्ध भाव से निहारती वह कैसी लगी थी। उस क्षण की अनुभूति सुमेरसिंघ को एक अनिर्वचनीय सुख की पुलक सौंप गयी थी—उसके साथ की वृद्धा ने शायद भाँप लिया था—

चल बचिया, मेला के नीयत ठीक नइखे...। क्या उसने उन्हें पहचान लिया था? उसकी खिंची हुई पलकों पर अछूती लाज का वह भारीपन...उसके चेहरे

का वह अलौकिक संकोच...।

चलो दादी, घर चलें...बाबूजी को चिन्ता हो रही होगी...।

टमटम गाड़ी पर बैठकर ओहार गिराने के पहले उसने एक बार उनकी ओर देखा था—क्या था उन आँखों में? करुणा में भींगा हुआ एक उलाहना ही तो—

सुना है, तुमने ब्याह करने से इनकार कर दिया...क्या मैं इतनी बुरी थी कि...फौज में जाना था तो चले जाते...एक बार हमें आजमा तो लेते....

सुमेर सिंघ के जेहन में टँकी वे आँखें कानपुर, नेफा, सियालदह, गौहाटी, त्रिपुरा, देहरादून...उनके साथ-साथ कहाँ-कहाँ नहीं भटकती फिरी थीं—

सुनी री सखी सइयाँ जोगिया भये, हमहुँ जोगिनी होई जाइब...

क्या अब भी उन आँखों का रंग वैसा ही होगा...क्या अब भी सिन्दूरी सूरज का दहकाव उस चेहरे पर ज्यों-का-त्यों होगा, कौन जाने!

बंजारे बादलों की तरह अतीत के वे टुकड़े सुमेरसिंघ की एकरस दिनचर्या में कैसी मधुर बाधा बनकर घिरते चले गये थे...देह और मन में अजीब-सी अलसाहट, आँखों में उनींदापन, नीम की कचनार डालियाँ और भी निहुर आयी थीं, एक अज्ञात मीठी छुअन का ठंडक भरा एहसास अपने ललाट पर, अपनी बन्द पलकों पर, अपने रोम-रोम में सहेजते सुमेरसिंघ किसी दूसरी दुनिया में गहरे उतरते चले जा रहे थे...।

ईंटों की पोख्ता चिनाई वाले अपने घर की दालान में बैठकर पोथियाँ बाँचते सुमेरसिंघ और सामने शीतलपाटी पर बैठी लहालोट चुनरी का आँचल सिन्दूरी माँग पर बार-बार सहेजती गुमान भरी आँखों से उन्हें निहारती वह...

तुमने इतना ज्ञान कहाँ से पाया जी...?

तुम नहीं जानतीं....तुम्हारे बाबूजी से उधार में पाया न...।

हटो, बाल-बच्चे बड़े हो गये और तुम्हारी चुहल अभी तक वही-की-वही...देखो तो सही...रजुली आ रही है...।

कैसे हड़बड़ाकर उन्होंने आँखें खोल दी थीं। रजुली चाय का गिलास लिये सचमुच उनके पायताने खड़ी थी—

काका गुरु जी, कई बार आपको मना किया न...छाती पर हाथ बाँधकर नहीं सोया जाता...बुरे-बुरे सपने आते हैं—फिर भी आप...

सुमेरसिंघ को रजुली वैसी ही लगी थी—हू-ब-हू सपने वाली रजुली जैसी...। उनका मन हुआ था...उसे पास बिठाकर एक बार अपनी बाँहों में भर लें—

मेरी बच्ची...तू कहाँ खो गयी थी, मेरी दुलारी बिटिया...।

बिरजू ने कैसा अजूबा संवाद सुनाया था—

आपको कुछ मालूम भी है सुमेर भाई...जियावन सिंघ की हवेली में खूब घमासान हुआ है...

क्या कहते हो, बिरजू भाई! किसने किया...? किसके-किसके बीच...हमें पूरी बात बताओ...।

सप्ताह भर पहले, अवधेश के संघतिया लोग उनको खोजते हुए गाँव आये थे। अवधेश उन सबों को देखते ही पिछुआरी से बाहर निकल गये। घर में सबको ताकीद कर गये—कोई भी पूछे तो हमारा अता-पता नहीं बताना, खबरदार...।

बाद में पता चला था—अवधेश कोई बहुत बड़ा गुल खिलाकर गाँव भागे हुए थे।

रजुली को घर जाने का संकेत देकर बिरजू सुमेर सिंघ के एकदम नजदीक सरक आये थे—

साइत कवनो छोकरी का चक्कर....

सुमेर सिंघ का मन किसी अज्ञात आशंका से उद्वेलित हो उठा था—जियावन को यह सब मालूम है...? मुझे एक बार वहाँ जाना ही होगा...बिरजू भाई...ठहरो...मैं तुम्हारे साथ ही...

जियावन सिंघ ने बड़े भाई को देखकर मामूली-सा शिष्टाचार निभाने की जरूरत भी नहीं समझी थी...

सुमेर सिंघ ने स्वयं आगे बढ़कर मोढ़ा खींच लिया था—अवधेश कहाँ है?

....

जियावन, हम तुम्हीं से पूछ रहे हैं—अवधेश कहाँ गया है...?

जियावन सिंघ ने कैसी घूरती आँखों से बिरजू को देखा था।

सुमेर भाई, आपको बैठना हो....तो बैठिये...हम खलिहान की ओर जाते हैं....आप भी वहीं...

बाहर निकलते-निकलते भी खौलते हुए तेल की धार जैसी गरमागरम आवाजें बिरजू को दहका गयी थीं—

हम सब समझते हैं। बलिराम सिंघ के घराने से हमारा सम्बन्ध नहीं जुड़ने पाये, इसी मंशा से आप हमारी पगड़ी उछालने यहाँ आये हैं...। सो एक बात सुन लीजिए बड़कू; अवधेश मरद बच्चा है...उल्टी-सीधी राह पर फिसल भी गया हो तो उसे सँभालने की जिम्मेदारी हमारी...। हाँ, गाँव-जवार में किसी को कानो-कान खबर नहीं होनी चाहिए। रही बात उस शहराती छोकरी और उसके

बाप-भाइयों की...तो चाँदी का जूता सुँघाकर वह मामला भी हम फिट कर लेंगे...समझे आप...?

सुमेर सिंघ की आँखों में एक लम्बे अरसे के बाद क्रोध की दुष्कर ज्वाला धधक उठी थी—नशीली दवाइयों की लत तक हमने सह लिया, छोटे...। सही-साँझ तुम्हारा सपूत...नशे में निढाल गिरता-पड़ता घर लौटता था और तुम... तुमने हमेशा उसकी ऐब पर परदा डाला...मुझे या गाँववालों को किसी को कुछ भी पता नहीं चल सके। मैंने यही सोचकर चुप्पी साधी कि चलो देर-सबेर सुधर तो जाएगा...लेकिन अब, जब... वह शहर से किसी मासूम की जिन्दगी बरबाद करके लौटा है, तब भी तुम उसके अवगुणों पर पुत्र-प्रेम का लेप चढ़ाने चले हो...और कल जब बलिराम सिंघ के यहाँ सम्बन्ध होगा—उस घराने की एक निर्दोष बच्ची को यहाँ लाकर तुम कितने बड़े कलंक के भागी होगे...जानते हो?

जियावन सिंघ की पूरी देह चोट खाये हुए साँप की तरह ऐंठ गयी थी—अपना प्रवचन कहीं और जाकर दीजिएगा, बड़कू! हरवाह टोले के बिरजू, हरखू, जैसे दो कौड़ी के लोग आपके सुधारवाद की दोहाई देंगे...। साफ क्यों नहीं कहते कि हमारी सम्पत्ति में इजाफा हो रहा है—बलिराम सिंघ अपनी पोती के नाम मोहनपुर करजा का पच्छिमवर्ती बड़का चक लिखने जा रहे हैं...बीस तोला सोना..लाख रुपये नगद...। जीवन भर इस डाल से उस डाल...बड़ेरे की तरह भटकते रहे। घर-गिरहस्ती, जर-जमीन, पूत-धिया की माया क्या होती है...आपको क्या पता? सहरी छोकरियों का क्या है—अवधेश नहीं, कोई और सही? गदह-पचीसी में भूल किससे नहीं होती...परिवार की जिम्मेदारी माथे पर आ जाये तो हमारा अवधेश अपने-आप सही रास्ता पकड़ लेगा...आपकी नसीहत के बिना ही...

सुमेर सिंघ के भीतर प्रतिवाद का बड़ा ही तीखा स्वर उभरा था...आँखें रहते हुए भी अन्धे मोह ने तुम्हें धृतराष्ट्र बनाकर छोड़ दिया है, छोटे!...नयी उठान की सन्तान और आकाश में उड़ती हुई पतंग की एक दशा होती है भाई! एकदम ढीली छोड़ दो तो किस घाट लगेगी, किसे क्या पता और डोरी की बेवजह खींचतान करो, तो हमेशा के लिए टूटकर छिटक जाने का डर...! याद रखना...कल यदि सचमुच खींचतान की नौबत आये तो अवधेश तुम्हारी सारी हदों से बाहर हो जाएगा...और उस दुःखद स्थिति के गुनहगार तुम होगे छोटे, केवल तुम्हीं होगे...!

खलिहान में सुमेर सिंघ की राह देखते-देखते थककर बिरजू अपने घर चले गये थे। सुमेर सिंघ ने बेध्यानी में दहिवर गाँव का सिवान कब पार कर लिया

था, वे स्वयं नहीं जान सके थे।

बक्सर रोड...।

अरे...अपने गाँव का सिवान तो बहुत पीछे छूट गया! अपने आपसे बातें करते हुए, यह हम किस ओर निकल आये? मोहनपुर करजा वाली सड़क पर तो नहीं...? धत्तेरे की...।

बिरजू की सयानी बिटिया रजुली ठीक ही कहती है—

काका गुरु जी तो एकदम बावले हैं। बैठे-बैठे आसमान की किस ऊँचाई में, पाताल की किस गहराई में खो जाते हैं हमारी समझ में नहीं आता...।

सुमेर सिंघ ने कुरते की निचली जेब से घड़ी निकालकर देखा था—छह बज गये...। तो क्या घंटे भर से वे लगातार चल ही रहे थे? अभी थोड़ी देर में अँधेरा हो जाएगा। कुआर की साँझ, न सूरज ढलते देर लगे न रात उतरते...। कैसी बावली-सी इच्छा सुमेर सिंघ को भीतर तक सराबोर कर गयी थी, यहाँ से दूर दिखती वह बँसवारी, उसके बाद वह सघन अमराई और आमों की घनी डालियों का हुजूम पार करते ही पक्की हवेली की वह पोख्ता दालान।

क्या वह अब भी वहाँ होगी? उसी तरह अपनी कलाइयों में लाल-लाल चूड़ियाँ खनकाती, ताखे पर धरे आईने में मुँह निहारती बार-बार अपनी बरजोर लटों को सँवारकर जूड़े की शक्ल देती...

बिरजू भाई लम्बे केशोंवाली जिस सोनपरी का किस्सा रजुली को बताया करते हैं, उसी सोनपरी की तरह क्या अब भी वह उनके लिए अपनी ढेर-सारी उनींदी रातों को काटती...वैसी ही बैठी होगी।

कड़ाक...। सुमेर सिंघ के भीतर बैठे हुए फौजी ने उन्हें एक जोरदार झटका दिया—सावधान...सुमेर, यह तुम्हें हो क्या गया है? आयु के इस मोड़ पर पहुँचकर ऐसा उतावलापन...? ज़रा सोचो तो मोहनपुर करजा वाली क्या अब तक तुम्हारे नाम की माला जपती अपने पिता की चौखट पर सिर टिकाये तुम्हारी बाट जोहती होगी? ऐसा ही नेह था तो आधी रात में घर छोड़कर भागे क्यों थे। माई वचन हार चुकी थी, उसकी जबान की रक्षा उस समय तो कर नहीं पाये...अब...? बीती हुई उस याद के सिवा तुम्हारे मन को बहलाने की दूसरी कोई जुगत नहीं हो सकती सुमेर सिंघ...चलो, अपने गाँव लौट चलो।

उस दिन चौपाल में दूसरे दिनों के बजाय जुटान कुछ अधिक ही थी...। पाँचों टोलों के लोग बटुर आये थे—जियावन सिंघ की बेइज्जती की वह घटना घर-घर की कानाफूसी का विषय बन चुकी थी।

राम-राम...शिव-शिव..., पूरा कलयुग आ गया समझो...

नगीना पंडित जी ने अपनी लहराती हुई शिखा को दायें-बायें झटककर फतवा दिया था—

सहर की इन मेमनुमा छोकरियों के लिए अब कुछ भी अजूबा नहीं रह गया है। बताओ भला, बाबू बलिराम सिंघ की पोती को जबान खोलते लाज भी नहीं आयी?

अब जियावन सिंघ की मूँछ का डंक झड़ेगा...उनकी सारी हेकड़ी एकबारगी पस्त हो गयी।

इतना बड़ा अपमान...?

अपनी दुनाली लेकर जियावन सिंघ ताबड़तोड़ दुमंजिल पर चढ़ गये थे—

खानदानी कमीना है बलराम सिंघवा...अभी वह और उसका बेटा नजर आ जाये तो दोनों का खून पिये बगैर...

बालापुर वाली ने छोटे बेटे सुधीर को पिछवाड़े से सुमेर सिंघ के पास भेजा था—

हमरा ओर से चिरौरी करिहा बबुआऽ इनका माथ पर खून सवार बा, कवन ठेकाना बनूक ले के निकल जइहें तऽ!

बड़े भाई का नाम सुनते ही जियावन सिंघ अगिया बैताल हो उठे थे—

तुमने सुधीर को उस नाकारे के पास भेजा बड़कू...। हुँह...। हम सब समझते हैं, यह सारी कारस्तानी उसी की है। बलिराम सिंघ के यहाँ हमारी चुगली लेकर जाता...इतनी हिम्मत गाँव के और किसी आदमी में हो ही नहीं सकती। अरे, अपना घर बसा हो तब न दूसरे की घर-गृहस्थी का भला सोचें। खबरदार...आज यदि सुमेर सिंघ यहाँ आ गये तो उनसे दो-दो हाथ होकर रहेगा।

सुमेर सिंघ गोहाल वाली सीढ़ियों से ऊपर पहुँच चुके थे। मुस्कुराते हुए उन्होंने छोटे भाई के हाथ से बन्दूक अपने हाथ में ले ली थी—तुम लड़कपन से ऐसे ही रहे छोटे, वही सुभाव, इंच भर भी कहीं कोई बदलाव नहीं।

....

चलो, नीचे चलें। सुधीर, अपनी अम्मा से कहो बचवाऽ, आज का कलेवा हम यहीं लेंगे छोटे के साथ...

जियावन सिंघ क्रोध की विकलता में मुट्ठियाँ भींचते हुए नीचे उतर आये थे—

इतने बड़े अपमान को इस तरह हँसी में नहीं उड़ाया जा सकता, बड़कू... ....

यदि तुम्हारे लड़के का रिश्ता ऐसे ठुकराया गया होता, तो तुम क्या करते?

अवधेश ने सामने की थाली सरकाते हुए विषबुझा कटाक्ष किया था—

बड़का बाबूजी सत्यवादी हरिश्चन्द्र के अवतार ठहरे, इनसे कुछ भी कहना बेकार है। रही बात बलिराम सिंघ की, आपका इशारा भर हो जाये बाबूजी, उनको तो हम अच्छी तरह...

सुमेर सिंघ का स्वर पहली बार ऊँचा हुआ था—यह सच है कि पानी का स्वभाव हमेशा नीचे की ओर बहना है। लेकिन छोटकू...तुम्हें यह नहीं भूलना चाहिए कि बँधे हुए पानी की भी एक मरजाद होती है। ऐसा नहीं होता न, तो समुद्र अपने उफान में समूची पृथ्वी को कब का समेट चुका होता...। हम मानते हैं कि अवधेश को अपने शहरी संगी-संघतियों का विशेष बल है लेकिन...हम यह पूछते हैं कि वे किस-किस से बदला लेंगे...? आरा के उस कायस्थ परिवार से, जिसकी इज्जत उन्होंने धूल में मिलायी...बलिराम सिंघ की पोती से, जिसने बलिवेदी की समिधा बनने से इनकार किया या अपने-आप से? एक बार अपने भीतर झाँककर देखें तो सही...। सौ-सौ दोष भीतर भरे हुए हैं...हम तो कहेंगे अब भी वक्त है एक ठोकर से ये सँभल जाएँ। इनमें सुधार आ सके....तो बलिराम सिंघ की उस बिटिया का हम लोगों को कृतज्ञ होना चाहिए।

अपनी पोती का मन टटोलकर बलिराम सिंघ ने अवधेश के साथ ब्याह का विचार त्याग दिया है—यह सूचना बक्सर बाजार में गुड़ की चक्की बेसाहते बिरजू को हरखू ने दी थी—

कुछ भी कहो...हमारी बचिया सुलच्छना है बिरजू भाई, छछात दुरगा मइया का औतार...सुकुल आम की फाँक जैसी खिंची हुई आँख, पहाड़ी मैना जैसी मिठ बोली...चनरमा से भी सुन्नर हमारी सुजाता बचिया ने सारी बात जान लेने के बाद...जानते हैं, क्या कहा था—

आपके गोहाल में कितने मवेशी बँधे हैं—बाबा आप कितनी लगन से सबकी सेवा करते हैं! आपके ओसारे में पिंजड़े में कैद कितनी लालमुन्नी चिड़ियाँ हैं...आपका नेह-छोह उनके लिए है, आप कितने दुलार से उन्हें दाना-पानी देते हैं...सिर्फ हमारे लिए आपकी अँगनाई का एक कोना दुश्वार हो गया? उस गाँव भेजने की बात आपके मन में आयी कैसे...? जीते-जीते हमें उस भट्ठी में झोंककर

क्या आप सुखी रह सकेंगे, बाबा? बोलिए न...बाबा, आपको हमारी सौगन्ध है...हमारी बात का जवाब दीजिए...

हमारे बुढ़ऊ मालिक की आँखों में खून के आँसू उमड़ आये थे...

धिया जात पराया धन होती है बचिया...आज तेरे बाबूजी होते तो...इन साँसों पर अपना कोई जोर भी तो नहीं है न...। कच्चे सूत जैसी जिनगी का क्या भरोसा। सोचा था कि लड़का पढ़-लिख रहा है, कमासुत नहीं भी बनेगा—तब भी घर की खेती इतनी है कि दो जून अन्न, दो जोड़ी वस्त्र के लिए कभी कोई कमी नहीं होगी...। हमें क्या पता था कि हमारे पुराने संघतिया परमार्थी सिंघ की वंश-बेल में ऐसा कड़वा फल लगा हुआ है। तू सोच मत कर बचिया...चनरमा पर गरहन की छाँव थोड़ी देर के लिए ही होती है—हमारी मत मारी गयी थी—हम अभी हरखू से सन्देशा भिजवाये देते हैं कि...

सुजाता की सगी मौसी आरा के बिनटोली मुहल्ले में रहती थीं। उनके पति शिवनारायण सिंघ कचहरी में पेशकार थे। शहर में उनकी अपनी एक प्रतिष्ठा थी। सुखदेव सिन्हा वकील की बड़ी बिटिया सुनीता से सुजाता की पहली जान-पहचान मौसी के घर ही हुई थी—

लम्बे घने बालोंवाली, खूब दुबली-पतली, गोरी-सी चुलबुली लड़की सुनीता—

सुजाता! बचिया, यह अपने सिन्हा बाबू की बिटिया है। तेरे साथ सखी जोड़ने आयी है। तू इससे बातचीत कर तब तक हम अपनी रामरसोई सहेज लें।

सुनीता, आओ न...हम छत पर चलकर बैठें...।

कुल हफ्ते भर की जान-पहचान में वे दोनों ऐसी घुल-मिल गयी थीं, जैसे बरसों पुराना बहनापा हो...मौसी ने खूब मसखरी की थी—

कौन कहेगा कि एक गाँव से आयी है और दूसरी एकदम शहराती है...दोनों एकदम जुड़वाँ बहन जैसी लगती हैं।

उसी सुनीता ने अपनी अन्तरंग सहेली के सामने मन की बात खोलकर रख दी थी—वह तुम्हारे ही गाँव के पास वाले गाँव में रहता है सुजाता...उसने मेरी सौगन्ध ली है कि वह मुझसे ही...

लेकिन तुम्हारी-उसकी भेंट हुई कैसे...?

वह और बड़े भइया यहीं महाराज कॉलेज में एक ही कक्षा में...हमारे यहाँ सत्यनारायण भगवान की कथा थी।...वह भइया के साथ आया था...पहली बार...

सुनीता की पलकों पर साँझ की सिन्दूरी आब सिमट आयी थी...।

अवधेश ने एकान्त पाकर उसके खुले घने बालों को अपनी दोनों हथेलियों

में भर लिया था—

हमारे गाँव के सिवान पर काली बदलियों का ऐसा ही जमाव होता है...। सच, तुम्हारे ये बाल इतने सुन्दर हैं न...मन होता है इनके पीछे अपना मुँह छिपा लूँ और...।

सुजाता ने सुनीता के सन्दूक में यत्न से सहेजी गयी अवधेश की चिट्ठियों को एक उचटती निगाह से देखा था। उसकी कमला बुआ कहती थीं—ब्याह से पहले किसी भी पुरुष की ओर आँखें उठाकर देखना भी पाप है। धरम के खिलाफ...।

सुनीता का बावरापन एक प्रश्न-चिह्न बनकर उसके आगे खड़ा हो गया था—ढेर सारी वर्जनाओं से भरी गाँव की जिन्दगी क्या ऐसे खुलेपन की अनुमति दे सकती थी...? सुनीता जिस रास्ते पर आँखें मूँदकर बढ़ती चली जा रही है वह उसे कहाँ तक ले जाएगा, क्या उसका प्राप्य उसे मिल सकेगा?

मौसी के यहाँ से मोहनपुर करजा लौटने के बाद उसने जो कुछ सुना था वह उसे अवसन्न कर देने के लिए कम था क्या? कमला बुआ उसे धीरे-से अपनी कोठरी में ले गयी थीं—

एक बात कहें, तू घबराएगी नहीं न बिटिया...दस वर्षों से वैधव्य की कठोर तपश्चर्या निभाती कमला बुआ के चेहरे पर एक अजीब-सा आवेश देखकर सुजाता भीतर तक काँप गयी थी—

ऐसी कौन-सी अनहोनी हो सकती है भला?

कमला बुआ ने अपनी किताबों की मेज पर से एक लिफाफा उठाकर धीरे-से उसकी ओर बढ़ा दिया था—

भौजी नहीं देखें....तू इसे यहीं पढ़ ले, सुजाता...

सुनीता का पत्र...?

पहला पृष्ठ पढ़ लेने के बाद सुजाता के लिए कुछ भी समझना बाकी नहीं रह गया था—गहरे अवसाद में डूबे हुए विफल प्रेम की ढेरों कहानियों के साथ जुड़ी एक और कहानी...

वह धोखेबाज निकला सुजाता...उसने मुझे वचन दिया था—जात-पाँत का कोई भेद नहीं...यदि उसके परिवार वाले राजी नहीं हुए, तो वह कचहरी में मुझसे ब्याह करेगा...।

मैं क्या जानती थी कि उसकी लम्बी-चौड़ी प्रतिज्ञा बालू की भीत जैसी बिखरकर रह जाएगी। सखी, मेरा जीवन बरबाद हो गया। सुना है, उस गाँव के आसपास ही किसी धनी-मानी घराने में उसका...यदि ऐसा हुआ तो मैं कहीं की

नहीं रहूँगी...सुजाता तुमसे अधिक नजदीकी मेरे लिए इस दुनिया में कोई भी तो नहीं। भइया को पता चलेगा या माँ-पिता जी को थोड़ी-सी भनक भी हो जाएगी तो मेरी दशा क्या होगी...तुम समझ सकती हो। बड़ी उम्मीद लेकर तुम्हारे पास लिख रही हूँ...हो सके तो...कमला बुआ को सारी बातें बताकर मेरी ओर से प्रार्थना करना...। वे पढ़ी-लिखी हैं...उनका जीवन, उनकी सोच दूसरों से अलग है। वे चाहें तो अवधेश और उसके माँ-पिताजी को समझा-बुझाकर...

सुजाता की आँखें पथरा-सी गयी थीं—अवधेश...? अभी दस दिन भी तो नहीं हुए...बाबा ने हरखू काका से मँगवायी हुई लग्नपत्री मिलवाकर वरिच्छा की रस्म पूरी की है।

कमला बुआ ने अपनी कोठरी के किवाड़ सटा दिये थे—हिम्मत से काम ले बच्ची...। तू ऐसे घबड़ा जाएगी तो...

सुजाता के धैर्य का बाँध टूट गया था—उसने मेरी सखी के साथ इतना बड़ा धोखा किया है बुआ, बाबा कितने सन्तुष्ट हैं—अम्मा के गले में सगुन के गीतों का कैसा उछाह है, तुम सुन रही हो न...

चारि ही कोस पर नगर अजोध्या
तहँवा बसे ले सिरी राम हो...।

यह किस राम का चुनाव आप लोगों ने कर लिया? बुआ...सबकुछ जानती हुई भी मैं...

कमला बुआ ने हरखू बनिहार को चुपके से दहिवर भेजा था—लड़के के घर-बार की सारी जानकारी हमें है, हरखू भाई! आप तो बस इतना ही करें...लड़के के संगी-साथी से पूरी जानकारी हासिल करें...उसके रंग-ढंग...चाल-चलन...आप मेरी बात समझ गये न...।

हरखू बनिहार ने बिरजू के बड़े बेटे से आवश्यक पूछताछ पूरी कर ली थी—

कमला दीदी, कहत-सुनत मन सकुचात बा...लेकिन...

हरखू बनिहार ने अटकते हुए सारी बातें बतायी थीं—लड़का अपनी बचिया के जोग नहीं है, दीदी जी...ऊपर की सारी टीम-टाम क्या है...समझो सेमर के फूल जैसी...लाल टहकार, लेकिन सत नाम की कोई सम्पत पाले नहीं...हमारी मानो तो बुढ़ऊ मलिकार से कहकर...यह नाता जुड़ने से पहिले ही खतम...

कमला बुआ नहीं होतीं तो सुजाता का क्या होता...उस दुचित्ते आदमी के दोशाले की खूँट से बँधा उसका सारा जीवन....हवन-कुंड में निर्धूम सुलगती

समिधा जैसी उसकी सम्पूर्ण अस्मिता...

सुनीता ने लिखा था—इतने बड़े विश्वासघात का कोई भी प्रतिकार मेरे बूते का नहीं है सखी, और मुझमें इतना साहस भी नहीं कि मैं जान देकर इस अपमान की आग से अपना बचाव कर सकूँ...। सुलगते हुए लावे जैसे प्राणों में अभिशाप का स्वर ढल रहा है सुजाता...मेरा सर्वस्व हरण करके वह कभी सुखी नहीं हो सकेगा... कोई दूसरा सम्बन्ध उसे कभी रास नहीं आ सकता...तुम देख लेना...।

अवधेश को न जाने किसने बता दिया था—बिरजू के बड़े लड़के रामकुमार के मुँह से ही सारा भेद फूटा है। नहीं तो मोहनपुर करजा वालों को उसकी जाती जिन्दगी के बारे में राई-रत्ती हाल भला किस तरह मालूम हो सकता था...

चोट खाये हुए सर्प की तरह उसने अपनी विष-ग्रन्थि सुमेर सिंघ के सामने खोलकर रख दी थी—

आज अगर हल-बैल छीन लिये जायँ तो मुट्ठी भर अनाज और गज भर कपड़े की मोहताजी हो जाएगी। बड़का बाबूजी...हम तो कहेंगे कि सारा दोष आपका ही है...पैर की पनही को माथे पर चढ़ाएँगे तो और क्या होगा...? जब से आप फौज छोड़कर आये हैं, बिरजू जैसे लोगों की हिम्मत दस गुनी बढ़ गयी है। ऐसे ही शह मिलती गयी तो एक दिन ये लोग...अच्छा, ठीक है...अब हमको भी सोचना ही पड़ेगा। कोई-न-कोई उपाय निकालकर इन लोगों को दुरुस्त नहीं किया तो...

उस रात सुमेर सिंघ की आँखों में नींद नहीं थी...रेतीली हवा की खुश्की पुतलियों पर गाढ़ी परत बनकर छा जाये और मन-मिज़ाज एकबारगी अस्थिर हो उठे...ऐसे ही एहसास का गहरा दबाव उन्हें पस्त कर गया था। शिवाले के कपाट बन्द होने के पहले अन्तिम घंटा-ध्वनि सुनाई पड़ रही थी। हाथ में ताँबे का लोटा, कन्धे पर जनेऊ, घुटनों तक ऊँची धोती पहने एक धुँधली-सी आकृति उनके ऐन सामने थी—

पहिचाना नहीं बचवा...।

कौन...बाबा...।

परमार्थी सिंघ...। गाँव-जवार के सबसे सम्पन्न काश्तकारों में से एक...

अबकी बरस रब्बी की फसल तो एकदम मारी गयी मलकिनी, सोचती क्या हो...बखरी का मुँह खोल दो...। एक बात गाँठ बाँधकर रखना...किसी

जरूरतमन्द को दिया जाने वाला दान कभी अकारथ नहीं जाता। अपने पूत-परिवार की कुशल के लिए इस पुण्य से बड़ी दूसरी कोई प्रार्थना नहीं...।

सुमेर सिंघ को लगा था—बाबा की सतभरी आँखों में गहरे अफसोस की झलक है—सुमेर, हमने तो सोचा भी नहीं था बचवा...इस पितर लोक में हमारे प्राणों को कितनी बड़ी पीड़ा मिली है। अपनी आन के पक्के हमारे कुल-परिवार में अवधेश जैसा कपूत...

सुमेर सिंघ ने स्पष्ट देखा था—बाबा की आँखों से क्रोध की चिनगारियाँ फूट रही थीं—गाँव-जवार की बहू-बेटियों की ओर आँख उठाने का साहस हमारी रैयत तक को नहीं होता था। आज हमारे ही वंश में ऐसा कुलघातक...।

बाबा का दीनता भरा स्वर याचना से विगलित हो उठा था—सुमेर, तुम पर हमारा पूरा भरोसा है बचवा...। जैसे भी हो पछतावे के इस नरक से हमें मुक्ति दिलाओ...।

हरवाहा टोले में पंचायत बैठी थी—मनसुखा के छोटे भाई सरजू ने सित्तू बनिहार की जवान विधवा पुतोहू के साथ सरेआम ठिठोली की थी—टोले भर की औरतों ने इस बात को बड़ी गम्भीरता से लिया था। दो पहर रात बीतने पर पंचायत का निपटारा हुआ था। बिरजू काका की बात का समर्थन टोले के एक-एक आदमी ने किया था—

दुलारी की पहाड़ जैसी जिनगी पड़ी है। उसका यह हक बनता है कि वह...।

अपनी झोंपड़ी के पिछवाड़े सूखे गोयठे उठाती दुलारी को रजुली ने पीछे से जकड़ लिया था—

कुछ भी कहो, बाबू ने तुम्हारे लिए आज ऐसी जिरह की है कि पूछो मत, भउजी...।

अपने धूल से अँटे केशों को फटे हुए आँचल के छोर से ढँकती दुलारी भय और अचरज भरी आँखों से अपनी मुँह-बोली ननद रजुली को एकटक देखती रह गयी थी।

ऐसे मेरा मुँह क्या निहार रही हो भउजी, घर के भीतर गुड़ की भेली तो होगी न...झटपट निकालकर लाओ, हम यहीं तुम्हारे लिए...

रजुली...?

सित्तू बनिहार की कड़कती आवाज सुनकर रजुली और दुलारी चौंककर पीछे हट गयी थीं—

बाप ने भरी पंचायत में हमारी पीठ पर कालिख मल दी और तू यहाँ क्या करने आयी है—रही-सही कोर-कसर पूरी करनी थी...।

कनिया, तू भीतर जा...टुकुर-टुकुर हमारा मुँह क्या देख रही है...तेरी मत फिर गयी है क्या...?

रजुली सुबकती हुई अपने घर की ओर चली गयी थी...

दूसरे दिन सुमेर सिंघ स्वयं बनिहार टोले की ओर चले गये थे—

बिरजू, हमारी रजुली को क्या हो गया? कल से पाठशाला नहीं आयी....आज सबेरे भी हम बड़ी देर तक उसकी बाट जोहते रहे—फिर सोचा—चलें, हम खुद ही चलकर...

रजुली की आँखों में ढेर सारे प्रश्नों का सैलाब आँसुओं की शक्ल में उमड़ने के लिए आतुर था—

सित्तू काका ने हमारा अपमान किया गुरु काका, हम तो दुलारी भउजी को सुन्दर समाचार देने गये थे कि बाबू के दबाव देने पर टोलेवाले सरजू भाई और भउजी के ब्याह के लिए राजी हो गये हैं। सित्तू काका ने बाबू को गालियाँ सुनायीं, बेपढ़ा होकर टोले भर को कबीरपन्थी गियान देने चला है। तेरा बाबू दो आखर भी पढ़ा-लिखा होता तो सारे गाँव में भूचाल आ जाता...पुरानी रीति-नीति पुराना धरम...सब छोड़कर जो तेरा बाबू कहेगा, उसी को बरम-बानी मानने का मूरखपना दूसरे भले कर लें—हमारे ऊपर इस बुढ़भस का कोई असर नहीं होने का...। दुलारी हमारे बड़कू की बेवा है...हमार जीते-जी उसका दूसरा बियाह...? खैरियत चाहती है तो हमारी गली की ओर भूल के भी मत पलटना, रजुली...हम सब समझते हैं, हमारी पगड़ी उछालने के लिए तेरे बाप ने यह सारा षड्यन्त्र रचा है और तू भी....उस सरजुआ की लम्पटई तो एक लउर लगते ही आँधी में उड़ते सूखे पात-सी बिला जाएगी...

सुमेर सिंघ के पूछने पर बिरजू ने सारी बात का खुलासा किया था—

मुश्किल से अठारह बरिस की कनिया है, भाई! बाप ने जाँघ पवित्तर करने के लिए छह साल पहिले कन्यादान कर दिया था...सित्तू का बड़का बेटा जन्म से साँस का रोगी था...। दुलारी के गवने के दो बरस बाद ही...उसकी मौत हो गयी...। माँग में सिन्दूर लेकर भी कुँआरी धिया जैसी है अपनी दुलारी देई...। सरजू ने हमारी गोड़धरिया की थी—वह बिलख-बिलखकर रोया था—अपनी माई की किरिया खाते हैं—काका, दुलारी को हमने कभी बदनीयती से नहीं

देखा...पिछली दफे जब हम कलकत्ता से लौटे थे, तभी दुलारी से बातचीत हुई थी। रजुली बहिना को बुलाकर पूछ लीजिए न—उसके सामने ही...आपको सच्ची बात बता दें काका, दुलारी के चचेरे भाई ने कलकत्ता में हमें सबकुछ बता दिया था—सित्तूराम ने दुलारी के साथ बड़ी कठोरता बरती थी—वह चाहता था कि...

बिरजू ने सारी बातें सुनने के बाद दुलारी से पूछताछ की थी—

बहुरिया, तुझमें और रजुली में हमारे लिए कोई फरक नहीं। सच-सच बताना...क्या सित्तू ने तुझे...

दुलारी बिलखकर रो पड़ी थी—काकाजी...ईसर महादेव साखी होइहें....एह बुढ़ौती में भी अइसन पाप के भाखा...हमरा के नरक से निकालीं...काका जी...नाहीं त गंगामइया के गोदी में, पोखर-कुइयाँ में सरन लेबे के अलावा दोसर...।

रजुली ने सुमेर सिंघ से सीधा सवाल किया था—आप दुनिया भर की ज्ञान-विज्ञान की पोथियाँ बाँचते रहते हैं गुरु काका, हमको सिरफ एक बात बताइए...तिरिया जात के साथ ऐसा बर्ताव आखिर क्यों किया जाता है? क्या इसलिए कि वह अकेली नहीं रह सकती? उसकी देख-रेख के लिए कोई एक मरद-मानुस होना जरूरी है...लेकिन सित्तूराम जैसे पहरेदार ही अगर राक्षसपने पर उतर आयें तो...।

सुमेर सिंघ ने रजुली की आँखों में उबल आये आँसुओं को निर्बाध बह जाने दिया था—

आप बोलते क्यों नहीं गुरु काका, कोई जवाब क्यों नहीं देते...? हम जानते हैं, हमारी बात का कोई भी जवाब आपके पास नहीं है। हम खूब समझते हैं, इस संसार को चलाने वाला विधाता पुरुष भी तो आप ही की जात-गोत का है न...औरत की असहायता...मरद-मानुस की बर्बरता का ही परिणाम है—काका जी...ऐसा नहीं होता न...तो इस माटी पर अवधेश और सित्तूराम जैसे चेहरों की ऐसी बढ़ी-चढ़ी औक़ात नहीं होती...।

उस दिन सुमेर सिंघ सचमुच रजुली के किसी भी सवाल का जवाब देने के लिए प्रस्तुत नहीं थे...। मोहनपुर करजा वाली के विषय में उन्हें सबकुछ मालूम हो चुका था और नियति के उस क्रूरतम विधान के लिए स्वयं को अपराधी मानते हुए वे भीतर-ही-भीतर बेहद आहत-से हो गये थे—

एक अबोध बालिका के मुँह से धारदार अनुभव का इतना बड़ा प्रमाण पा लेने के बाद उन्हें लगा था—अवधेश और सित्तूराम ही नहीं...पुरुष वृत्ति की उस शृंखला में बेशक एक नाम और जुड़ना चाहिए था—सुमेर सिंघ का नाम...।

रजुली छाछ का कटोरा थामे खड़ी रह गयी थी—

तू अपना मन स्थिर कर बचिया, हमें छाछ नहीं चाहिए, कुछ भी नहीं चाहिए। कल जी अच्छा लगे तो उधर आ जाना।

अपनी पाठशाला तक आते-आते सुमेर सिंघ आत्मस्थ होते चले गये थे—सुमेर सिंघ, तुम बक्सर के रामरेखा घाट पर ग्रहण-स्नान के लिए गये थे न...! पूर्ण चन्द्रमा पर चढ़े सर्वग्रासी राहु से मुक्ति के लिए प्रार्थना...गंगा के पवित्र जल में डुबकी लगाकर गाँव-जवार, टोला-मोहल्ला सबके लिए सुख-शान्ति की कामना...घाट की सीढ़ियों के सूनेपन को भरनेवाली वह आहट किसकी थी? काली किनारी वाली सफेद साड़ी, पीठ पर नीचे तक लहराते हुए काले केशों का अम्बार...हाथ में गंगाजली और कन्धे पर निचोड़े गये गीले कपड़े...। सुमेर सिंघ, पूरनमासी की उस रात ने तुम्हें बावला बना दिया था...या कि बरमपुर के मेले वाली वह लाजभरी मुसकान जो बरसों जंगल बियाबान में तुम्हारे संग-संग घूमती-फिरी थी, तुम्हारा मन फेरने के लिए दुबारा देह धरकर ऐन सामने चली आयी थी...कितना बड़ा अनर्थ कर बैठे थे तुम...?

आप कमला हैं न....मोहनपुर करजा वाली....?

अपने गीले बालों को आँचल से ढँकने की विफल चेष्टा करती हुई वह आकृति उन सीढ़ियों पर जड़-सी नहीं हो गयी थी...? फटी-फटी आँखों में अपार विस्मय...नये उगे चन्द्रमा की सारी जोत जैसे उस चेहरे के चारों ओर सिमट आयी हो...तुम...आप...?

क्या उसने उन्हें सचमुच पहचान लिया था? वह शायद कुछ और भी कहना चाहती थी—क्या कहना चाहती थी वह...? शायद कुछ भी नहीं, शायद बहुत कुछ...उसके ऐन पीछे खड़ी बूढ़ी दाई ने टोक दिया था—

बबुनी, घरे चले के बा...मलिकार सोच करे लगिहें...।

वे अपलक देखते रह गये थे। गंगा-स्नान का पुण्य उस आकृति में सिमटता हुआ धीरे-धीरे उनसे दूर चला जा रहा था...और वे मर्माहत-से देर तक उन्हीं सीढ़ियों पर खड़े रह गये थे।

बिरजू ने उन्हें बताया था—कमला का ब्याह तो उसी साल हो गया था, जिस साल वे फौज में भरती होकर...विधाता के विधान के आगे कभी किसी की चली है भाई...? साल बीतते-न-बीतते बेचारी का सुहाग...सुनते हैं दूल्हे को पहले से ही कोई असाध्य रोग था—घरवालों ने भरपूर दहेज के लालच में बात छिपाकर ब्याह हो जाने दिया था। भला हो बुढ़ऊ मलिकार का...कमला जी को क्रिया-कर्म के दूसरे ही दिन पालकी पर बिठाकर लिवा लाये...बड़कू पूत से भी बेसी मान आदर दिया...घर ही में तालीम पूरी करवायी...अब बक्सर हाई

स्कूल में हेडमास्टरनी है...अपनी जिनगी के निबाह के लिए...।

उस रात दुश्चिन्ताओं के राहु ने उनके चारों तरफ घेरा डालकर उन्हें जकड़ लिया था—ब्याह से इनकार करने की बात सुनकर माई कैसे पछताकर बिलख उठी थी—

हीरा अइसन जिनगी के मोल अबहीं नइखे बुझात...हमरा ना रहला पर केहू कामे ना आई...। सोना अइसन मूरत के निरादर मत कर बबुआऽऽ।

कमला ने सबसे ऊपर वाली ढूह पर चढ़ने के पहले एक बार पलटकर देखा था। हाँ...अब वे अनुमान लगा सकते हैं—उन आँखों में बड़ा गहरा अभियोग था—देखो तो सही, क्या मेरी इस दशा के जिम्मेदार तुम नहीं...यदि तुमने इनकार नहीं किया होता तो...।

दुलारी और सरजू के ब्याह से एक दिन पहले हरवाह टोले में बड़ी तेज चीख-पुकार मची थी—सित्तू और उसकी घरवाली ने दुलारी के मुँह में कपड़ा ठूँसकर उसकी देह पर जलती हुई ढिबरी का सारा तेल उड़ेल दिया था—न रहेगा बाँस न बजेगी बाँसुरी...अपनी जवानी पर इतराती फिरती है राँड़, मुँहझौंसी...आज इसकी रूपसूरती को भसम करके...

दुलारी ने जी-जान से विरोध किया था, मड़ई की टाटी से उठती आग की लपट को सबसे पहले सरजू ने देखा था। बिरजू, रजुली, रमेसर, भुलेटन...टोले के सारे लोग सित्तू की मड़ई के आगे जमा हो गये थे—दुलारी की अचेत देह को फटे हुए कम्बल में समेटकर बिरजू अपने घर ले गये थे—

रजुली की महतारी, आज से यही समझना कि रजुली और दुलारी तुम्हारी दो-दो धिया हैं। हम बैद जी को लिवाने जा रहे हैं...होस में आये तो थोड़ा दूध गरम करके...

पन्द्रह दिनों के बाद सरजू के साथ गँठजोड़ की रस्म पूरी हुई थी। अपनी झुलसी हुई हथेलियों से बिरजू के दोनों पैरों को जकड़कर दुलारी बेतहाशा फफक उठी थी— हमार ईसर महादेव रउरे बानी काका जी, एह अभागिन पर दया...

बिरजू की आँखें बरबस उमड़ आयी थीं—हमारे बूते का इतना ही था बहुरिया, अब रामजी की मरजी और तेरा भाग...।

सरजू, परदेस का मामला ठहरा...नयी-नोहर तिरिया को संग लेकर अकेले रहना कम जोखिम का काम नहीं...अपना भला-बुरा समझ-बूझकर ही...।

उस रात गुलाबो काकी ने उँगलियों की पोर पर गिनकर पहली बार उन्हें एक भेदभरी बात बतायी थी, कान में तेल डालकर पड़े रहोगे रजुली के बाबू या घर-गिरहस्ती की ओर भी एक नजर डालोगे...? खड़ी फसल की तरह धिया

जात की जिनगी होती है...खेत से उठाकर खलिहान में पहुँचाओ...बाप-भाई की अँगनाई से उठाकर जिसकी थाती है, उसके हाथ सौंप आओ....। गियान-धियान की बातें बहुत हो चुकीं...अपनी रजुली के जोग घर-बर की खोज करोगे भी या...। कुछ पता है, इसी कुआर में पनरह पार कर लेगी...

पोखर के ठहरे हुए पानी में किसी ने बड़ा-सा पत्थर फेंक दिया हो, बिरजू का मन एकबारगी अनमना हो उठा था—रजुली दूसरों के घर चली जाएगी...प्राणों से भी अधिक प्यारी, नेह-छोह में पाली गयी रजुली...कलेवा लेकर खेत की मेड़ पर आड़ी-तिरछी चलती, पोखर में घर भर के कपड़े कचारती, गेरू से दीवारों को लीपकर चावल के घोल से स्वस्तिक के निशान खींचती...बात-बात पर रूठने-ठुमकने रिझाने वाली उनकी नन्हीं-सी सोनपुतरी क्या सचमुच इतनी बड़ी हो गयी कि...

उस रात मचान पर देर तक करवटें बदलते बिरजू की आँखों में नींद नहीं थी...

अवधेश ने रजुली के साथ छेड़छाड़ की थी। खाने की पोटली को रहरेठे की खूँट में उलझाकर नीचे गिरा दिया था—

रजुली ने चिल्लाकर कड़ी बातें कही थीं तो धमकी देता हुआ चला गया था—

बड़े राजा-महाराजा की इकलौती राजकुँवरि हो न...हरवाह टोले की छोकरी की बिसात ही कितनी...सच...रजुली, तुम्हारे गुस्से पर भी हम सौ जान से फिदा हुए...कभी आ जाना हमारी तरफ...

मचान पर लेटे-लेटे हठात् बिरजू का सर्वांग जल उठा था—उस दिन भी वे हल की मूठ उतारकर जियावन सिंघ से दो-टूक बात कहने के लिए उतावले हो उठे थे—

तुम्हारी चाकरी की है मलिकार, अपनी मान-मरजादा नहीं बेची है। सँभारो अपना हल-हेंगा...बिरजू की देह में जोर रहेगा तो आरा-बक्सर के टीसन पर कुलीगिरी करके अपना और अपने घर-बार का गुजारा कर लेगा लेकिन याद रहे, अपनी इज्जत गिरवी रखकर...

जियावन सिंघ सारा हाल सुनकर खुद ही उनके टोले में चले आये थे। जो कुछ हुआ, उसके लिए हमें अफसोस है बिरजू...नये जमाने का पाप है, औलाद की करनी माथ झुकाकर सहने के सिवा दूसरा उपाय भी तो नहीं है...। हमारी बात मानो...तुम रजुली के लिए कोई घर देखकर...सयानी धिया है आखिर कब तक उसे...अकेली खेत-बघार में भरमती चलती है—लोग-बाग देखेंगे, दस

तरह की कथा-कहानी बनेगी...इससे तो अच्छा है कि...

रजुली ने अपने गुरु काका को घर का राई-रत्ती हाल बता दिया था—

माई ने बाबू को खूब खरी-खोटी सुनायी...। बाबू ने कोई जवाब नहीं दिया...वे चाहते हैं कि राम भइया शहर में अपनी पढ़ाई किसी तरह पूरी कर ले...उसे कोई अच्छी नौकरी मिल जाएगी तो हमारे घर को दुःख-दरिद्र से छुटकारा मिल जाएगा न...आपको मालूम है गुरु काका, दुलारी भौजी कलकत्ता चली गयीं न इसीलिए सित्तू ठाकुर चोट खाये गेहुअन साँप बने हुए हैं। सरजू भइया और दुलारी भौजी के नाते को वे बाबू की साजिश का परिणाम मानते हैं। उनका कहना है कि सारे टोले के सामने उनकी पगड़ी उछालने के लिए ही बाबू ने पंचाइत बुलायी थी—पंचों को पहले से ही अपने वश में कर लिया था। आप सित्तू ठाकुर को नहीं जानते, वह बड़ा दुष्ट आदमी है। उसका सुभाव...

सुमेर सिंघ ने रजुली का मन बदलने के लिए जान-बूझकर बातों का सिलसिला दूसरी ओर मोड़ दिया था—

ये चिन्ताएँ तो हम सयाने लोगों की हैं—बचिया, तू इन फिजूल की बातों में अपना दिमाग मत खपा। अच्छा, एक बात बता, तू बड़ी होकर क्या बनना चाहती है?

....

अपने गुरु काका से लजाती है पगली...देख, हमारा तुझसे दोहरा नाता है न...गुरु का भी और गाँव के रिश्ते काका का भी...तब...हम क्या यह भी नहीं जान सकते कि हमारी राजमती बिटिया अपने बारे में क्या सोचती है, अपने भविष्य की कौन-सी लकीर खींचकर उस पर पाँव आगे बढ़ाना चाहती है....?

सुधीर...तुम...? आओ, बचवा! हमारे पास आओ...। जियावन सिंघ के छोटे बेटे को पाठशाला की ओर आते देखकर रजुली उठ खड़ी हुई थी—

हम घर जाते हैं गुरु काका, आज माई की तबीयत ठीक नहीं है। रोटी-पानी का परबन्ध हमारे ही जिम्मे...

सुमेर सिंघ ने ध्यान से देखा था—बाँस की खपचियों से बने फाटक के उस पार खड़े सुधीर ने रजुली को देखकर दूसरी ओर मुँह घुमा लिया था...वह फाटक से निकलकर खेतों की ओर मुड़ गयी थी—तभी उसने फाटक में घुसते हुए पैर छुए थे—

काकाजी...अम्मा ने आपके लिए ये आम...

आ बैठ, बचवा...! जियावन से पूछकर आया है न...

बाबूजी खाद और बीज की खरीदारी करने के लिए आरा गये हैं। बैलगाड़ी

साँझ तक वापस आ जाएगी...नहीं तो कल सुबह...।

लेकिन बिरजू तो यहीं है...। वह साथ नहीं गया...। अपने फौजी काका के सामने झूठ बोलने का दुस्साहस सुधीर कभी नहीं कर पाया था। पिता और बड़े भाई से भिन्न स्वभाव वाले सुधीर को कॉलेज के सहपाठी लाजवन्ती लता कहकर चिढ़ाया करते थे—राजपूतों के खानदान में ऐसी नाजुकमिजाजी...। एक तिलचट्टे को मारने में भी तुम्हारी साँस रुकती है—क्यों सुधीर सिंघ...। जो कभी शेर का शिकार करना पड़े तो तुम्हारा क्या हाल होगा?

सुधीर जानता था—जो समाचार वह सुमेर सिंघ को देने आया था...उसे एक-ब-एक बता देना उसके बूते की बात नहीं थी। आम से भरा झोला लेकर घर से निकलने लगा था तो अम्मा ने दबी जबान में समझाया था—

जेठ जी से कहना, समझ-बूझकर ही कोई रास्ता निकालेंगे...

क्या बात है सुधीर...? तुम कुछ घबराये हुए...घर में सब खैरियत तो है न...अवधेश...

भइया एक हफ्ते से कलकत्ता गये हैं...जाते समय बाबूजी से खूब कहा-सुनी हुई...वे धमकी देकर गये—अगर उनके लौटने से पहले बिरजू को हलवाही से छुट्टी नहीं दी गयी, तो वे उन्हें धक्के मारकर...

तो क्या जियावन ने...

हाँ काका, बाबूजी सित्तू को अपने साथ ले गये हैं...

और बिरजू...

बिरजू के बारे गें हमें कुछ भी नहीं मालूम...।

सुमेर सिंघ की आँखों के सामने फक्कड़ अलमस्ती से भरा बिरजू का चेहरा उभर आया था—

हीरा-मोती फिलिम में जैसी बरधों की जोड़ी देखी थी न...हमारे ये दोनों बरध भी एकदम वैसे ही...। सोहराई के समय रतनू-किसनू की मुड़ी हुई सींगों को तारपीन के तेल और वार्निश से चमकाते कच्ची कौड़ियों, काँच के बड़े-बड़े मोतियों और पीतल की बेशुमार घंटियों से जियावन सिंघ के बैलों का शृंगार करते बिरजू भूल जाते थे कि वे बैल उनके अपने नहीं...जियावन सिंघ की चाकरी करते उन्हें बीस बरस से ऊपर हो गये थे—कभी-कभार एक लम्बा उसाँस छोड़कर धीरे-से कहते—

हमारी जिनगी भी इन्हीं बरधों जैसी नहीं है सुमेर भाई...आँखों पर अपनी मजबूरी की काली छोपनी डालकर जिनगी की धुरी के चारों ओर चक्कर काटने के सिवा दूसरी कोई गति नहीं...। न जाने भाई लोग चटकल मिलों में, कोयले

और चूने की खानों में कैसे हाड़ खटा लेते हैं...बनिहारी की आदत एक बार जिसकी नस में समा चुकी हो...वह कहीं और खप भी तो नहीं सकता न। बिजड़ा डालने का बखत हो तो रात-दिन एक करके माटी का रंग-रूप सँवारो...सूते की गाँठ के अन्दाज से माटी के कच्चे हिरदय में सपने-जैसे बीजों की थाती भरते चले जाओ...रहट के साथ पारी-पारी से घूमते किसनू-रतनू और मोट से बहते पानी के पौवारे से भींगती अँखुआई माटी की पोर-पोर...। सच, खलिहान की चन्दन-माटी में खड़े होकर दँवनी और ओसौनी का जो सुख हम हलवाहों को नसीब होता है—अँधेरी खाई-खन्दकों के बीच रात गये तक फावड़ों की घनी चोट अपनी पसलियों में महसूस करने वाले मजदूर भाइयों की जिनगी में वह सुख कहाँ...? आपने देखा था न सुमेर भाई...हमारे टोले का लच्छू कैसा हट्टा-कट्टा था—झरिया की कोयला-खान में जाँगर खटाकर दो बरस बाद लौटा तो सूरत पहचानी नहीं जाती—पसलियों की बाती-बाती उभरी हुई...खाँसी से बदहाल झुककर चलता था—जवान-जहान काया दमे के रोग से जकड़कर कैसी दो मुट्ठी की हो गयी थी। ना बाबा ना, अपने गाँव का अधपेटा अन्न भला—आन जगह की चिकनाई नहीं। उधार ली हुई जिनगी कब धोखा दे जाएगी, क्या ठिकाना...?

सुधीर से सबकुछ सुनकर सुमेर सिंघ हतप्रभ हो गये थे—अवधेश इतनी नीची बात सोच सकता था, इसकी उन्हें कल्पना तक नहीं थी—

पाँव की पनही और माथे के पाग में बहुत फर्क होता है, बाबूजी...। बिरजू कंठी-माला पहनकर रामायण बाँचे, चाहे गीता का मन्त्र उचारे...है तो वह हमारे टुकड़ों पर पलने वाला हलवाहा ही न...और बड़का बाबूजी की पगलैटी देखिए...उसे अपनी काँख में दबाये फिरते हैं—अपने बगल में आसन देते हैं, उस कोइरी-कमार को जी कहकर बुलाते हैं। गाँधी बाबा का अवतार बनकर गाँव में कौन-सा सुराज लाना चाहते हैं, यह तो वही जानें...लेकिन हम आखिरी बार कहे देते हैं—बड़े-बड़े महापुरुष देसी तमंचे के एक निशाने में परलोक सुधारने गये...हमारी रइयत को हमारे ही खिलाफ भड़काकर महापुरुष बनने का ख्वाब पूरा करना चाहते हैं, तो यह सुराजी चाल हमारे गाँव में नहीं चलेगी...सीधी-सी बात है, आप बिरजुवा की हलवाही छीनकर सित्तू को दीजिए...दो दिनों में गुमान धूल में नहीं मिल जाये तो...

अवधेश की अम्मा ने दबी जबान में विरोध किया था—

बुढऊ मलिकार के जमाना से बिरजू के खानदान सेवा में जुटल बा...गरीब के रोआँ गिरी त...

अम्मा की बात सुनकर अवधेश लालभभूका हो उठा था। उसका दोटूक

जवाब पाकर अम्मा भंडार घर में समा गयी थी—

अपने धरम-करम की फलसफा वाली बात अपने तक ही रखो, अम्मा...ढोल-गँवार के साथ धरम-करम नहीं निभता। चाबुक की सटकार के लायक ये दो कौड़ी के जिनावर ठहरे। इनसे निपटना हमें अच्छी तरह आता है। न जाने क्यों, मुझे लगता है कि बाबूजी भी बड़का भइया से दब जाते हैं। अब बिरजू काका का क्या होगा, काकाजी...?

जिसने मुँह चीरा है, वही आहार भी जुटाएगा बबुआ, तुम नाहक चिन्ता मत करो।

बिरजू भाई...तुम...।

अँगोछे से चबूतरे का हिस्सा झटकारकर साफ करते बिरजू वहीं पालथी लगाकर बैठ गये थे—चेहरे पर वही सधुक्कड़ी भाव...आँखों में वैसी ही भोली-भाली चमक...। अपराध-बोध से नीची हुई गर्दन को उठा पाने में असमर्थ सुधीर ने अवाक् होकर बिरजू पर पूरी निगाह डालनी चाही थी—चेहरे पर हल्की-सी शिकन तक नहीं...? किस माटी का बना हुआ है यह आदमी...?

सुमेर सिंघ को एकटक अपनी ओर देखते पाकर बिरजू ने हँसते हुए बातों का सिरा दूसरी ओर मोड़ना चाहा था—

तुमको याद है बबुआ...कितने छोटे-से थे...कोल्हू का पट्टा हमारी गरदन में डालकर हमें घोड़ा बनाते थे—हमारी पीठ पर असवारी करने में तुमको कितना आनन्द आता था न...। एक बार जब हम जान-बूझकर गिर गये थे—तब तुम हमारे लिए कितने चिन्तित हो गये थे—

अम्मा बिरजू काका की मरहम-पट्टी करनी होगी, उन्हें चोट लग गयी है।

तुम्हारा मन अभी तक वैसा ही मुलायम है। हमारे लिए यही बड़ी बात हुई, बबुआ...। बाकी चिन्ता ठाकुर जी पर...भोले बाबा जो चाहेंगे...

सुमेर सिंघ ने सीधा सवाल किया था—

ठाकुर जी तुम्हें दूसरी चाकरी देने से रहे बिरजू, इस उमिर में किस गाँव में, किसके दरवाजे जाओगे...न हो तो...जियावन को लौटने दो...एक बार मैं ही उससे बात...बिरजू ने जबर्दस्त प्रतिरोध किया था—

नहीं सुमेर भाई, हरगिज नहीं...। वह तो आप लोगों के घर-बार का मामला था...खानदानी समस्या...बाबू साहब की आँखों के सामने अवधेश आपका अपमान करते रहे और उनके मुँह से बोली तक नहीं फूटी...। हम तो बाहरी आदमी ठहरे...हमारी औकात ही क्या है? धूर-माटी में रगड़ खाती जिनगी का क्या भरोसा, आज यहाँ, कल कहीं और...

सुमेर सिंघ के मन में एक दूसरी आशंका कुलबुला उठी थी—

सुधीर...हलवाह टोले में और भी तो दूसरे हलवाहे हैं—दशरथ, सुन्दर, रघुवर, बैजू, सुखराम...अवधेश के दिमाग में सित्तू का नाम ही कैसे आया...?

सुधीर ने स्वीकार किया था, दुलारी वाली घटना के बाद से सित्तू चोट खाये करैत की तरह भयावह हो गया था...रजुली की लताड़ खाकर अवधेश भइया भी सही मौके की फिराक में थे...दोनों की मिलीभगत से ही...।

सुमेर सिंघ ने एक लम्बा नि:श्वास छोड़ा था—विनाश काले विपरीत बुद्धि:...। अपना शत्रु और मित्र पहचानने की योग्यता भी जो गँवा बैठे, उससे कोई आस-उम्मीद रखना बेकार है। सुधीर ने जाते-जाते एक और बात कही थी—

काकाजी, रजुली अपने टोले से अकेली इस सिवान तक आती है। आप लोग थोड़ी होशियारी बरतें तो ज्यादा अच्छा हो...।

बिरजू के चेहरे का भाव अनायास बदल गया था—पुश्तैनी बन्धक पड़ी जिनगी को अब हमेशा के लिए छुटकारा मिल चुका है, बबुआ...अपने ईमान-धरम की बात कहें—तो आज तक मलकिनी-मलिकार से पूछे बिना ओड़ी भर भूसी भी इधर-से-उधर नहीं किया... फटेहाली में भी अपनी इज्जत-आबरू का निबाह करना हम जानते हैं...अपने भाई को बता देना...हमारी भुजाली पर जंग नहीं चढ़ी है। हल की मूठ धरकर पोख्ता हुए ये हाथ अपने बाल-बच्चों की हिफाजत करना अच्छी तरह जानते हैं।

सुधीर को पेसोपेश में पड़ा देखकर सुमेर सिंघ ने बात वहीं समाप्त कर दी थी—सुधीर, तुम घर जाओ बबुआ...हमें बिरजू के साथ इनके टोले की ओर जाना है...आरा से राम बी.ए. की परीक्षा देकर लौटा है...उसके परचे कैसे हुए...जरा पता तो कर लें...।

बिरजू ने एक बार अपने मन की बातें सुमेर सिंघ के सामने रखी थीं—पुरुष जन्म के किसी तप का फल रहा होगा सुमेर भाई...राम और रजुली को देखते हैं तो मन कसकने लगता है...इतनी छोटी-सी उमिर में दोनों भाई-बहनों की ऐसी समझदारी...देखकर भरम होने लगता है—इन्हें तो बाबू टोले में पैदा होना चाहिए था...। हमारी औकात कहाँ कि इन्हें पेट भर अन्न दे पायें...।

चौड़े कन्धों वाले राम की सुन्दर सुकुमार आकृति को देखकर पहले-पहल सुमेर सिंघ को भी भ्रम हो गया था। हमेशा सोचती हुई-सी राम की बड़ी-बड़ी आँखों में उन्होंने अपने कैशोर्य के उफनते हुए सपनों की परछाईं देखी थी—अपनी अधूरी इच्छाओं के पथ में आने वाले किसी भी अवरोध को उमड़ते हुए सोन नदी के भयंकर आवेग से चूर-चूर करके आगे बढ़ जाने की उद्दाम लालसा

से भरी हुई वे आँखें...

गुरु काका जी...मन्दिर के सामने से गुजरते हुए न जाने क्यों, मन में एक जबर्दस्त एतराज उभरने लगता है। बखरी में भरे हुए अनाज पर क्यों किसी का पैदाइशी हक हो जाता है...क्यों किसी की मिर्जई के ताने-बाने दु:ख की अन्तहीन कथा से बुने जाते हैं और कोई किमखाब की कफन लपेटकर चिता पर चढ़ने जाता है...नेम-धरम...पूजा-पाठ...धन-सम्पत्ति, सब कुछ बाबू टोले वालों के नाम करने वाला यह भगवान कहीं मिल जाता तो...

अपना परीक्षाफल लेकर आरा के बस पड़ाव पर खड़ा था—तभी राम को किसी अघटनीय का आभास हो गया था...सित्तू और बैजू...बीज की बोरियों की लदनी में मशगूल थे। राम ने सोचा था—किसनू और रतनू के पीछे चुपके-से जाकर बाबू के पाँव छू लेगा। बाबू, आपकी असीस का ही सुफल है। मैं पहली श्रेणी में बी.ए. पास कर गया। नजदीक जाकर ही उसे असलियत का अन्दाजा मिल पाया था—सित्तू की झबरीली मूँछों के नीचे छिपी कुटिल हँसी में अवमानना का तीखा जहर घुला हुआ था। बैजू ने उसे देखकर भी अनदेखा किया था—वह दोनों बैलों को सानी देने में व्यस्त हो गया था।

यह सब ठीक नहीं हुआ गुरु काका...गाँव की हवा बदल रही है। जियावन सिंघ राजा होंगे अपने घर के...यदि उन्होंने हमारी आकबत को ललकारा तो सोये हुए ज्वालामुखी को फटते देर नहीं लगेगी...। आपको पता है...पूरे जवार में पंचायत का चुनाव होने वाला है...। जियावन सिंघ पिछली बार भी दहिवर, बालापुर, तिवारीपुर, चुरामनपुर की छोटी बिरादरी वालों के पास गमछा पसारने गये थे...हम लोग नहीं होते तो...इस बार...गिन-गिनकर हिसाब...

सुमेर सिंघ ने मुस्कराते हुए बड़ी ही कोमलता के साथ राम के कन्धों पर अपनी दोनों हथेलियाँ रख दी थीं—शान्त रहो...। धीरे-धीरे सब ठीक हो जाएगा।

उस रात अपनी खरहरी खाट पर पतली दरी बिछाकर लेटने चले तो सुमेर सिंघ की आँखों में बिरजू की रसोई के बुझे हुए चूल्हे की राख कसमसाने लगी थी—उन्होंने याद किया था, पाँच साल पहले सिवान वाले धनहर खेत की मेंड़ पर नीम की छाया में दो क्षण के लिए सुस्ताने बैठे बिरजू की आँखों में उमड़ आयी बालसुलभ उत्कंठा को—फौजी वरदी में उन्हें अपनी ओर बढ़ता देख वह कैसे सकुचाकर पीछे हट गया था, हमें इसी गाँव में जाना है भाई, घबड़ाते क्यों हो...हमारा नाम सुमेर सिंघ है—फौजी सुमेर सिंघ....

बिरजू के चेहरे पर एक साथ कितने ही रंग उभर आये थे...आश्चर्य के...उछाह के...असमंजस के...वे भाव...

बड़कू मालिक...आप...?

उनका जी हुआ था, बिरजू को गले से लगाकर खूब जोरदार हँसी हँसते हुए उसके मन का सारा भरम मिटा दें।

बहुत पहले गोहाटी में बक्सर का दु:खभंजन सोनार मिला था। कामरूप कामाख्या के दर्शन करके लौट रहा था—स्टेशन पर फौजियों के डिब्बे से अपने नाम की पुकार सुनकर ऐसे चिहुँक गया जैसे दिन के उजाले में भूत देख लिया हो उसने।

हाँ..., भूत-प्रेत की योनि में ही तो चले गये थे सुमेर सिंघ....माई के नहीं रहने के बाद गाँव से मन उचाट हो गया था—फिर भी बाबूजी के नाम साल में एक चिट्ठी डाले बिना मन कहाँ मानता था...

बाबूजी को गुजरे बीस साल हो गये...गाँव-घर से हमेशा के लिए विरक्त सुमेर सिंघ की बदली लद्दाख हो गयी थी....दुखभंजन ने डरते-डरते बताया था—

हम गोलोक बासी हो गये...यही न...कितने बरस पहले की बात है दुखभंजन...

तुम्हारे बाबूजी भगीरथ सिंघ जी का सरगबास हुआ, उसके दूसरे साल ही तो...

तब तो तुमने हमारे किरिया-करम का परसाद भी...

दुखभंजन अवाक् उनकी ओर देखता रहा था...

अच्छा भाई, इस परदेस में तुमसे भेंट हो गयी—मन को बहुत तसल्ली मिली...अपनी जनमभूमि का पखेरू भी प्राण-प्रिय होता है...लेकिन तुमसे एक ही अरदास है दुखभंजन...बोलो, मानोगे?

....

हमारी इस मुलाकात का जिक्र वहाँ जाकर किसी से भी मत करना...

लेकिन...

कहा न...हम नहीं चाहते कि...

यह सच था, अवकाश-प्राप्ति का दिन जैसे-जैसे निकट आने लगा था, सुमेर सिंघ असमंजस की गहरी अँधेरी खोह में उतरते चले जा रहे थे—पच्चीस साल पहले जिस माटी की पकड़ पैरों से छूट गयी, फिर उस माटी की ओर लौटना उसमें रमना...क्या हो सकेगा...? फौज में जितने दिन रहे...परायों ने सगों-सा स्नेह दिया....माँ-बाप, भाई...दोस्त....सबकी फर्ज-अदायगी तो अकेले कृपाल सिंघ ने की थी—हरियाणा का वह तेज-तर्रार फौजी...

सुमेर, तू गल्ती से फौज विच चला आया—तुझे तो किसी मालदार ससुर का चिकड़-चुपड़ा घर जँवाई होणा था...।

सुमेर सिंघ ने कृपाल को अपने मन की ऊहापोह बतायी थी—

यार, कृपाल, तू कर्नल साहेब से हमारी सिफारिश करवा दे हमें बटालियन का रसोइया, ड्राइवर...कुछ भी बनना मंजूर है, लेकिन यहाँ से कहीं और जाना...

सिवान से अपने घर पहुँचकर बिरजू के सामने सुमेर सिंघ ने जो बात कही थी, वह उनकी अपनी थोड़े ही थी। उन्होंने यही तो कहा था न—

याद रखना बिरजू, हक मारने वाला जितना गुनहगार होता है, हक छोड़ने वाला भी उतना ही...।

दरअसल यह गुरुमन्त्र उन्हें कृपाल सिंघ से ही मिला था—तेरे भाई की आँख में हया नहीं..., उसने तुझे जिन्दा मार दिया...तो तू सह लेगा...? अबे माटी दे शेराँ...जा...चुपचाप आपणे घर जा...अपने हक दीं लड़ाई लड़ ओए...याद रखना...

उस पूरी रात सुमेर सिंघ ने एक नयी लड़ाई के लिए अपने-आपको तैयार किया था। लद्दाख की उस खन्दक में शत्रुओं से दो-दो हाथ करने के लिए सिगड़ी जलाकर बन्दूकें साफ करते, तमंचे निथारते, गोला-बारूद की पेटियाँ दुरुस्त करते जिस उत्साह का अनुभव होता था...न जाने कहाँ से वही उत्साह एक बार फिर उनके भीतर उमड़ आया था...जिला हाकिम के पास अपने हक की गुजारिश करने के लिए कागज-कलम लेकर बैठे तो दाढ़ी-मूँछों के बीच विहँसती कृपाल की दन्त-पंक्ति लालटेन की रोशनी के उस पार अँधेरे में चमक उठी थी—यह हुई न मरदों वाली बात...।

कचहरी से जियावन सिंघ के नाम सम्मन जारी हुआ था—अपने फौजी भाई सुमेर सिंह के हिस्से की जमीन हड़पकर...अमीन को बरगलाकर...आज तक आप सारी सम्पत्ति का मालिक स्वयं को घोषित करते आये...कानून की निगाह में यह एक संजीदा जुर्म है। इस सम्मन की मिलत के महीने भर के भीतर आपको कचहरी में पेशी का हुक्म दिया जाता है। हुक्म-उदूली की हालत में कोर्ट आपके खिलाफ किसी भी तरह की सख्ती बरतने के लिए तैयार है।

रिंग मास्टर की चाबुक का करारा आघात झेलकर लोहे की सलाखों में बौखलाये शेर की-सी विवशता से भरे जियावन सिंघ दाँत पीसकर रह गये थे—

सगे बड़े भाई की यह करनी...देखा अवधेश की अम्मा...और खातिरदारी करो, परब-तेवहार है, जेठ जी के लिए पकवान भेजने हैं...बेचारे अकेले...। अब क्यों नहीं जाती षटरस व्यंजन परोसकर, चँवर डुलाने...।

अवधेश का पारा सातवें आसमान पर था—

हम तो पहले से ही जानते थे, इस बुढ़ऊ की बुढ़भस का कुछ-न-कुछ असर होना ही था न...। बगुला भगत कहीं का! ग्यानी-ध्यानी बनता था, घर में नहीं रहेंगे, शिवाला के पास वाली कोठरी में...राम-भजन करेंगे...। अब भेद खुला...दिन-दिन भर पोथी बाँचने के बहाने बिरजुवा की छोकरी के साथ...अम्मा, क्या अब भी विश्वास नहीं होता...देख लेना...हमारी बात एकदम सच्ची...उस खूसट ने रजुलिया को अपनी रखैल...

छोटे सुधीर ने प्रतिवाद करना चाहा था—काका जी के बारे में ऐसी बात...

तड़ाक्...। जियावन सिंघ का जोरदार तमाचा उसकी कनपटी पर जा बैठा था—

अब भी काका जी...। अवधेश, काका जी के परमभक्त तो घर में ही मौजूद हैं—एक तुम्हारी मतवाराम और दूसरे ये बिभीखन के औतार...लेकिन हमारा नाम जियावन है...हम भी देख लेंगे...।

राम से सारी खबर पाकर बुखार की हालत में बिरजू शिवाले तक आ पहुँचे थे—

यह सब क्या हो रहा है, सुमेर भाई...? साँप की बाँबी को जान-बूझकर कुरेदना...। इतने दिनों तक तो आप चुपचाप बैठे रहे...। अचानक यह बात आपके दिमाग में...

दरख्वास्त की नकल तैयार करते, कागज-पत्तर दुरुस्त करते सुमेर सिंघ केवल मुस्करा कर रह गये थे—

कहीं ऐसा तो नहीं कि यह सब हमारे कारन...

उन्होंने बिरजू की बाँह पकड़कर उसे अपने पास बिठा लिया था—इतने परमार्थी हम कहाँ...बिरजू भाई...? पेट की भूख सताती है न...तब रिश्ते-नाते का झूठा मुलम्मा साथ नहीं देता। हम अकेले हैं तो क्या...हमारी भूख-प्यास का कोई हीला-हवाला तो होना चाहिए न...इसीलिए सोचा कि...

लेकिन इतने दिन तक कैसे गुजर हुई? खलिहान से आपके हिस्से का अन्न...आपके लिए दो जोड़ी बस्तर...यही तो चाहा था न आपने...?

इतने दिनों तक हम भरम की जिनगी जी रहे थे बिरजू...अपना सारा अधिकार दिया भी तो किसको...जियावन जैसे कुपात्र को...बबूल को सींचना धरम नहीं है भाई...हमारी नरमी का नाजायज फायदा उठाने वाले को कुछ तो सबक मिले...जियावन हमारे छोटे भाई हैं, बैरी नहीं...वे सुधर जायें...इससे आगे हमारी दूसरी कोई भी मंशा नहीं...।

सुमेर सिंघ की रात्रि पाठशाला वाली व्यस्त दिनचर्या में व्यवधान का आभास

मिलने लगा था—दिन भर बक्सर के डाकखाने तक नौकरी की अर्जियाँ पहुँचाने और समाचार-पत्रों में खाली स्थान की खोज पूरी कर चुकने के बाद अपने टोले की ओर लौटता हुआ राम घंटे-आध घंटे के लिए सुमेर सिंघ की मड़ई पर जरूर ठहरता था...।

उस रात उसकी चिन्ता छलक आयी थी—गुरु काका जी...पहले तो तीनों टोलों के लोग यहाँ जुट जाते थे, पढ़ने के बहाने, रामायण बाँचने के बहाने—कुछ नहीं तो, दु:ख-सुख की बतकही के बहाने से ही...

सुमेर सिंघ ने स्वयं अनुभव किया था—भुलेटन, लच्छू, गनेश, दशरथ...एक हफ्ते से शिवाले पर नहीं आये थे...। रास्ते में दशरथ मिला था, तो गोल-मटोल बात कहकर आगे बढ़ गया था।

जियावन सिंघ के पच्छिमवर्ती खेत में धनकटनी शुरू हो गयी है। हरवाह टोले के सभी लोग वहीं...

आप चिन्ता नहीं करेंगे...गुरु काका जी, अगर जरूरत पड़ी तो मैं बालापुर, चुरामनपुर, चौसा—सारे जवार में घूमकर आपके छात्र-छात्राओं का जोगाड़ करूँगा...यह पाठशाला सूनी नहीं रहेगी...। जियावन सिंघ यह न समझें कि उनके बाहुबल की सीमा उनके अपने इलाके से बाहर भी है—हमें दिखा देना होगा...

सुमेर सिंघ ने जो मुकदमा दायर किया था, उसकी पहली पेशी थी...। पीतल के बटन लगी पुरानी वरदी निकालकर पहनने चले, तभी खयाल आया था—बिरजू तीन दिनों से ज्वरग्रस्त था, लौटते समय उसकी दवा भी तो लेनी थी, यदि राम उनके साथ ही चला चलता तो...

जिरह बहुत ही अच्छी गयी थी...जियावन सिंघ का वकील...कोई भी माकूल जवाब नहीं दे सका था...। राम के मन में एक नये आनन्द की हिलोर उठ रही थी—

परताप बाबू के एक भी सवाल का सही जवाब अवधेश का वकील नहीं दे सका...अच्छा...गुरु काका, एक बात बताइए...ऐसी कितनी पेशियाँ होंगी... तो...फैसला आपके हक में...

दिन भर की फिजूल कवायद से निढाल हुए सुमेर सिंघ ने कोई जवाब नहीं दिया था—

क्या बात है? आपकी तबीयत तो ठीक है न...गुरु काकाजी...?

बिरजू साथ होता तो वे अवश्य कहते—दोनों भाइयों को दूध-भात की कटोरी थमाती हुई माई ममता की मुलायम पुतली बन जाया करती थी...

चाँद-सुरुज के जोत अइसन दूनों भाई के नेह-छोह बढ़त रहे।

आज कचहरी में जियावन सिंघ की आँखें आग की लपटें बनी हुई थीं। काश, उनकी सीख मानकर वह पहले ही...।

एक लम्बी उसाँस लेकर बक्सर जाने वाली आखिरी बस के पायदान पर उन्होंने पाँव बढ़ा दिये थे...

जियावन बाबू अपने ट्रैक्टर से आये हुए थे गुरु काकाजी, आपने देखा न...सित्तू, दशरथ और छबीला भी उनके साथ थे...

...

आपको अकेले नहीं आना चाहिए था! आपने इशारा भर किया होता तो मोहनपुर करजा के हमारे ढेर सारे संघतिया आनन-फानन में कचहरी का अहाता घेर लेते...

देर तक चुप रहने के बाद सुमेर सिंघ ने मुँह खोला था—

सबसे बड़ी ताकत अपने मन की होती है राम...किराये के लठैत बटोरकर डराने-धमकाने की नीयत हमारी कभी नहीं रही...। यह तो भइवद्दी का झगड़ा है भाई...कुछ भी हो...जियावन और अवधेश हमारे सगे ठहरे...हमारा-उनका खून आखिरकार एक...

दुखिया के इनार पर बस रुकी थी, तब सप्तमी का चन्द्रमा अपनी मद्धिम उजास को समेटता हुआ आकाश की ढलान पर था...

इस बार मकई की फसल भरपूर खड़ी है—राम...तुम्हारे अहाते में नेनुआ की लत्तर फली या नहीं...?

...

क्या बात है राम, ऐसे गुमसुम क्यों हो बचवाऽ

...

अरे, तुम तो बीच में ही रुक गये...। बताओ तो सही...।

मकई के खेत में गीदड़ दुबके हुए हैं...गुरु काका...आपका हुकुम हो तो एक ही ललकार में सालों को...

सुमेर सिंघ कुछ समझ पाते, इसके पहले पीछे से लाठी की एक जोरदार चोट उनके माथे पर पड़ी थी—

सँभलिए, गुरु काका...अरे दौड़ो...बचाओ...जियावन सिंघ के कुत्तों ने अपने गुरु काका को...

राम की गोहार मचान पर बैठे मकई अगोरते बूढ़े सुखराम के कानों में पड़ी थी—

डटल रह रमुवा...घबड़ो मत बचवा...अबही...पहुँचनी...।

खून से लथ-पथ सुमेर सिंघ को खटोले पर लादकर बक्सर अस्पताल पहुँचाया गया था...

क्या हुआ...?

किसने मारा...?

कोई पुरानी अदावत...?

राम समझ नहीं पा रहा था—डॉक्टर उसके गुरु काका को भरती करने में इतनी देर क्यों कर रहे थे—

सुखराम ने उसके कानों में कहा था—थाने का दरोगा जब तक उर्दी-पेटी पहनिगा—तब तक तो सुमेर सिंघ जी...आउर हम अच्छी तरह जानते हैं, जियावन सिंघ का उस मोछैल दरोगा के साथ दिन-रात का उठना-बैठना है—वह कभी नहीं चाहेगा कि...

सुमेर सिंघ की बिगड़ती हुई हालत का अन्दाजा पाकर राम बदहवाश हो उठा था—

सुखराम काका जी, आप यहाँ गुरु काका के पास बैठिए...हम अभी...।

बाबू बलिराम सिंघ के घर तक सायकिल से पहुँचने में ही दो घंटे लग गये थे...

खट...खट...।

दालान की खिड़की का एक पल्ला खुला था—कौन है....

हम हैं बालापुर के रामनारायण...बाबू सुमेर सिंघ को जियावन के लठैतों ने लहूलुहान कर दिया है—उनकी हालत...

तो यहाँ क्या करने आये हो...?

उस अपरिचित पुरुष-स्वर को सुनकर राम थोड़ी देर के लिए स्तम्भित हो गया था—कहीं ऐसा न हो कि...

कौन है, बबुआ...?

बलिराम सिंघ की आवाज सुनकर उसने पूरी ताकत लगाकर चिल्लाना चाहा था, यह समय पुरानी बातों को दोहराने का नहीं है बाबू साहेब...एक आदमी की जान जा रही है। बक्सर अस्पताल के सिविल सर्जन आपके जिगरी दोस्त हैं...यदि आप थोड़ी-सी तकलीफ उठायें तो...

बलिराम सिंघ ने एक क्षण को भी देर किये बिना बेटे को आदेश दिया था—अपनी मोटर साइकिल निकालो महेश...हमें तुरन्त बक्सर जाना होगा...!

बलिराम सिंघ के आने की खबर मिलते ही पूरे अस्पताल में अफरा-तफरी

मच गयी थी—सिविल सर्जन, इन्स्पेक्टर, डॉक्टर, वार्ड ब्वाय—सारा मजमा सुमेर सिंघ की चारपाई के इर्द-गिर्द जुट आया था...

दूसरे दिन चार बजे शाम को सुमेर सिंघ ने पहली बार आँखें खोली थीं—अब कैसा जी है, सुमेर भाई...

राम, बिरजू, सुखराम...इतने सारे लोग...? अरे...हम कहाँ...

बलिराम सिंघ ने आगे बढ़कर प्लास्टर चढ़े हुए उनके दाहिने हाथ को बड़ी नरमी के साथ छुआ था—

खून बहुत जाया हुआ है। अब तुम आराम करो बरखुरदार...किसी चीज की जरूरत हो, तो राम को हमारे पास...।

सुमेर सिंघ की बन्द पलकों के भीतर भाप बनकर कुछ पिघलने लगा था। बिरजू ने सब कुछ थाह लिया था—यह बखत किसी भी तरह की सोच-फिकर का नहीं है भाई...बस, तुम आराम करो...ठाकुर जी ने चाहा तो दस दिन में...।

भयंकर गुस्से के दवाब में राम के जबड़े भिंचे हुए थे—

गुरु काका जी ने अच्छा नहीं किया। अवधेश की आवाज को साफ-साफ पहचान कर भी उन्होंने...।

हाँ, सुमेर सिंघ ने अचेत होने से पहले बिल्कुल स्पष्ट सुना था—देखते क्या हो, मार डालो बुढ़वा को...हमेशा के लिए यह काँटा निकल जाये ससुर...।

इन्स्पेक्टर दुखहरन चौधरी के सामने बयान देते हुए उन्होंने एकदम मना कर दिया था—

नहीं, चारों तरफ इतना अँधेरा था कि...आवाज से भी पहचानना मुश्किल था, चौधरी जी...अपने गाँव का कोई होता तो...लगता है, दूसरे गाँव के लुटेरे रहे होंगे...जो कुछ हुआ, धोखे से ही...

राम के कन्धे पर हाथ रखकर धीरे-धीरे चहलकदमी करने के लायक हुए थे, तो अपने मन की बात कहने के लिए न जाने क्यों एक उतावलापन उनके भीतर उमड़ आया था। दिन-रात सेवा में रत रहने के बावजूद एक रूठा हुआ-सा भाव राम के चेहरे पर बराबर बना हुआ था। उनका अपना बेटा होता तो क्या वह भी ऐसे ही उनसे मान नहीं करता—

बाबूजी, अपने बैरी को प्राण-दान देने की यह कैसी रीति-नीति...? बताइए तो, आपने जिसे अपना खून माना...क्या वे सचमुच अपने हैं? आपका इशारा भर हो जाये...

राम ने भी यही कहा था—गुरु काका जी...आप मुँह से कुछ भी न कहें...बस एक बार आपकी उँगली हिल भर जाये...

नहीं बेटे...अन्याय का उत्तर अन्याय ही नहीं होता...। यदि हम भी वही करने लगें तो उनमें और हम लोगों में फर्क क्या रह जाएगा।

जियावन सिंघ मुकद्दमे में इतने बुरी तरह पराजित हो जाएँगे...इस बात का उन्होंने अनुमान तक नहीं लगाया था...कचहरी के फैसले के मुताबिक शिवाले के पास वाले, उत्तरी-पूरबी सिवान के सबसे बड़े चक पर सुमेर सिंघ का हक माना गया था...

अस्पताल से छुट्टी पाकर गाँव जाने लगे थे...तो बिरजू ने अपनी बैलगाड़ी पर पुआल की मोटी तह जमाकर बड़े एहतियात के साथ उन्हें सहारा दिया था—आधे घंटे का रास्ता है—गप-शप में कट जाएगा...राम, तुम सुमेर भाई के पास बैठो बचवा...गाड़ी हम हाँकेंगे...। बहुत दिनों के बाद बिरजू के चेहरे पर निवरे हुए मोती जैसी आबदार मुसकान झलक उठी थी—

एही ठइयाँ झुलनी हेरानी हो रामाऽ

एही रे ठइयाँ...

बैलों की पूँछ उमेठकर टिटकारी भरते...वे अपनी पुरानी मौज में आ चुके थे—

अँगना में ढूँढ़ूँ ओसारा में ढूँढ़ूँ...

कतहीं ना पवलों झुलनिया हो रामा...

गाँव के सिवान की खुली बयार में बैलगाड़ी के धीमे हिचकोले...सुमेर सिंघ की आँखें झपक गयी थीं क्या—

सेजिया पर पवलों झुलनियाँ हो रामा...

एही रे ठइयाँ...

उन्होंने स्पष्ट अनुभव किया था—पसीने से भींगे हुए उनके ललाट पर किसी नर्म-नाजुक हथेली का मोहक दवाब था—

क्यों, अब जी कैसा है...?

अरे, तुम यहाँ क्यों चली आयी, कोई देख लेगा तो...

देख लेने दो...तुम्हारी ऐसी हालत है और हम हाल-चाल पूछने भी नहीं आयें...भला ऐसा कैसे हो सकता है जी...?

बैठोगी नहीं...?

कल भी आओगी न...

अच्छा, सच बताओ...क्या तुमने कभी मन से चाहा था कि हम दोनों...

बिरजू का गीत थम गया था। परेशान होकर उसने पीछे बैठे राम को धीरे-से ठेलकर चैतन्य किया था—

देखो तो, तुम्हारे गुरु काका...

रजुली के चेहरे पर कभी खत्म नहीं होने वाली उदासी ने डेरा जमा लिया था। सच तो यह था कि बिरजू की आत्मा भी बरजा वाले रिश्ते के लिए गवाही नहीं दे रही थी—राम के ननिहाल से सन्देशा आया था—लड़का सातवीं जमात तक पढ़ा-लिखा है, बक्सर के बोरिंग ऑफिस में चपरासी बहाल हुआ है। अपनी बिरादरी में ऐसे खाते-पीते परिवार की कल्पना तक नहीं की जा सकती।

बिरजू को एक ही आपत्ति थी, अपनी रजुली नवीं पास कर चुकी है। गियान-धियान में गाँव के कॉलेजिहा लड़कों से कहीं अधिक समझदार है। उस सातवीं जमात तक पढ़े, बालों से तेल चुआते हरिहर के साथ रजुली की जोड़ी...

बिरजू के बड़े साले ने अपनी जिरह से उसका मुँह बन्द कर दिया था—

गरीब की धिया...उसके लिए साच्छात इन्नर भगवान का सपना तो हम-तुम देख नहीं सकते पाहुन...। ऐसी जमी-जमाई गिरहस्ती और कहाँ मिलेगी, बताओ तो...लड़का नौकरिहा है—अपनी छपरबन्दी है, घर की जिम्मेवारी नहीं के बराबर। दोनों राजी-खुशी जिनगी गुजार लेंगे। और सबसे बड़ी बात तो यह है कि अपनी रजुली तुम्हारी आँखों के सामने रहेगी। यहाँ से अपना सिवान पार करो तो उसका ओसारा दिखाई पड़ेगा—

भाई की सारी बातें सुनकर रजुली की माई ने भी अपना दो टूक मत सुना दिया था—

आगा-पीछा सोचने की जरूरत नहीं रजुली के बाबू...कल ही पंडिज्जी से साइत पूछकर बरजा चले जाओ...वहाँ बात बन जाये तो अगले फागुन तक...

बिरजू ने अपने मन की व्यथा को सुमेर सिंह के सामने खोलकर रखा था—

आपसे हमारे घर का राई-रत्ती हाल भी छिपा हुआ नहीं है, सुमेर! भाई, घर में दो मुट्ठी अनाज का भरोसा नहीं...। रजुली का ब्याह करें तो...उधर उसकी माई को एक ही धुन चढ़ी है—जैसे भी हो, धिया जात अपने घर-बार की हो जाये...

वह पहला दिन था जब सुमेर सिंघ ने बिरजू की बातों के प्रति तनिक भी उत्सुकता दिखाये बिना अपना मुँह दूसरी ओर घुमा लिया था। कोई और समस्या होती, कोई और सवाल लेकर बिरजू घुटनों पर हाथ बाँधे उनके सामने प्रश्न-विकल मुद्रा में बैठा होता तो वे मुस्कराकर उसे अपनी ओर खींच लेते—बस,

इतनी-सी बात...। तुम अपने घर जाओ बिरजू भाई...और हाँ...जाकर राम को भेज देना....हम दोनों काका-भतीजा मिलकर इस समस्या को सुलझा लेंगे। तुम्हारा यह औरतों जैसा बार-बार मुँह लटकाना हमें अच्छा नहीं लगता। मरद-मानुष हो, हमारी तरह ठठाकर हँसना सीखो...।

लेकिन उस दिन सुमेर सिंघ के मन में एक अजीब-सी खीझ उमड़ने लगी थी—

क्या बात है सुमेर भाई, हमसे कोई भूल-चूक हुई...? आपने हमारी बात का जवाब...

सुमेर सिंह ने मुँह से कुछ भी नहीं कहा था—अपने सिरहाने बँसखट की मूँज में खोंसा हुआ एक कागज का टुकड़ा निकालकर बिरजू को थमाते वे अपनी कोठरी में चले गये थे...

रजुली के हाथ से लिखे गये हरफ...कहीं-कहीं पानी के धब्बे से इबारत आधी मिटी हुई...तो क्या रजुली...?

गुरु काका जी...आखिरकार बड़े मामा ने हमारी फाँसी की तैयारी पूरी कर ली, माई भी उनका साथ दे रही हैं और बाबू...? उनको तो आप अच्छी तरह जानते हैं—सब ओर से दबाव पड़ने लगेगा, तो वे थककर बैठ जाएँगे। मैं आपसे निहोरा करती हूँ...मेरी सौगन्ध खाकर बताइए—क्या आपकी बेटी को ऐसे अनमेल बन्धन में बाँधा जाता तो आप यूँ चुप बैठे देखते रहते...। काका जी, राम भइया नौकरी की अर्जी देने कलकत्ता गया हुआ है वह रहता तो...

बिरजू ने उस कागज को अधूरा छोड़ दिया था—

सुमेर भाई,...क्या आप भी....

सुमेर भाई ने चाय का गिलास बिरजू के हाथ में थमाते हुए सामने पनप रहे आम के नन्हे-से पौधे की ओर इशारा किया था—

इस बाल-बिरिछ को देख रहे हो, बिरजू भाई! इसके बड़े होने में अभी कितनी देर है, बताओ तो...अगर तुमने अभी से इसके फलदार होने की साध सँजोनी शुरू कर दी...तो क्या तुम्हारी साध एक अजूबा नहीं कही जाएगी?

बनिहार टोले में जनम लेकर भी रजुली का मन-मिजाज एक नयी माटी का गढ़ा हुआ है...इसी उमिर में उसे इतनी समझ तो आ ही गयी है कि यह सम्बन्ध उसके मेल का नहीं...।

लेकिन सुमेर भाई, हम चाहकर भी उसके लिए किसी खूब पढ़े-लिखे वर की कल्पना नहीं कर सकते...आप यह क्यों नहीं समझते कि...

सुमेर सिंघ ने पत्र का दूसरा हिस्सा बिरजू के सामने फैला दिया था—इसे

ध्यान से पढ़ो, तुम्हारी समझ अपने-आप खुल जाएगी।

रजुली ने अपनी बातों को दो टूक निर्णय तक पहुँचाते हुए लिखा था—

मोहनपुर करजा वाली कमला मौसी ने वचन दिया है—गुरु काका जी...वे मुझे अपने स्कूल में बहाल करवा देंगी..., हमने उनको अपने मन की सारी बात बता दी थी...सब कुछ सुनकर उन्होंने कहा—

जिन्दगी भर सेम, तुरई की बेल बनकर किसी मचान का आसरा खोजने का युग गया राजमती, अपने पैरों में इतनी ताकत सहेजो कि यह धरती माता तुम्हारे जीने का आसरा दे सके...सखुए के गाछ की तरह बनना सीखो...उसकी छोटी-सी टहनी को कोई मरोड़कर झुका तो दे...। हमने तय कर लिया है गुरु काका जी, बाबू-माई ने अधिक हठ किया तो हम भागकर कमला मौसी के यहाँ...

बिरजू ने पगड़ी के छोर से आँखों में उमड़ आये आँसुओं को समेट लिया था—

रजुली आपके विचारों के साँचे में ढली हुई ठोस माटी की बनी मूरत है—उस पर अकेला मेरा अधिकार नहीं सुमेर भाई...उसने अपनी आत्मा का सच खोलकर आपके सामने रख दिया है, अब आप जो उचित समझें, करें...हमें कोई उजर नहीं होगा।

बाबू जियावन सिंघ को बालापुर वालों ने लिखित धमकी भेजी थी।

खलिहान की छप्परबन्दी में खोंसा गया वह सन्देश अवधेश ने पढ़ा था—लो, और भुगतो...बालापुर वाली जमीन की खड़ी फसल पर कब्जा लेने के लिए अम्मा के नइहर वालों ने सहार के नामी-गिरामी लठैतों को बुलवा भेजा है।

जियावन सिंघ की आँखें कपाल पर टँग गयी थीं—

बुढ़ऊ निपूते थे, मरने के पहले सारी जमीन तुम्हारी अम्मा के नाम लिख गये होते, तो इतना बड़ा बखेड़ा थोड़े ही पैदा होता...अब उनके गोतिया दयाद चढ़बाँक हो चले हैं। हम अच्छी तरह समझ गये...यह सारी करतूत हुगली की कमाई करके लौटे सिद्धेसर की है। अपने को सुभाषचन्द्र बोस का औतार मानता है। यहाँ आकर नक्सलियों से साँठ-गाँठ बढ़ाकर उसी ने...

शोर-गुल सुनकर सुधीर अपनी पढ़ाई अधूरी छोड़कर आँगन में निकल आया था—

सिद्धेसर मामा अम्मा के चचेरे भाई हैं, बाबूजी! उनका परिवार बड़ा है।

अगर नाना जी की थोड़ी-सी जमीन के वे हकदार बनते ही हों, तो इसमें हरज क्या है...?

अवधेश ने कैसी आग जैसी आँखों से उसे घूरकर देखा था—

उस सत्यवादी हरिश्चन्द्र की छूत हमारे आँगन तक लाने की कोई जरूरत नहीं छोटकू, बड़का काका का चेला बनना हो तो सादे कागज पर दस्तखत करो और बगीची में मड़ई बनाकर वहीं रहना शुरू कर दो...हो चुकी यह डॉक्टरी-वैद्य की पढ़ाई...।

सुधीर की अम्मा रोती हुई छोटे बेटे का हाथ पकड़कर कोठरी में घुस गयी थीं—दोनों बाप-बेटों के माथे पर खून सवार है बचवा...सिद्धेसर के चार छोटे-छोटे बच्चे हैं...हमारे बूढ़े चाचा-चाची, एक विधवा फूआ और उनकी तीन-तीन बेटियाँ...हम कहते हैं यह जमीन छोड़ देने से हमारा कुछ घट तो नहीं जाता न...।

जियावन सिंघ ने थानेदार से सलाह-मशविरा किया था—उमेठी हुई मूँछों और हमेशा ललछौंही दिखती, मदमाती आँखों वाले थानेदार जोगिन्दर चौधरी ने दो हजार के कड़कदार नोट जेब के हवाले करते हुए वचन दिया था—

अब दोहर तानकर सो जाइए जियावन बाबू...। हमारे सिपाही कल ही बालापुर की तैनाती की हुकुम लेकर निकल जाएँगे। एक हफ्ता में सारी कटनी पूरी कर लीजिए...एक बार फसल घर में आ जाये...फिर किसकी हिम्मत है।

सुधीर ने सुमेर सिंघ को सारी बात बतायी थी। बालापुर के सरपंच सिव सुन्नर बाबू ने सिद्धेसर को अभय दिया था—

जियावन का लालच सुरसा के मुँह की तरह बढ़ता ही जा रहा है। न लिखा-न पढ़ी—बुढ़ऊ की जमीन पर जबरदस्ती दखल करने का यह अरथ तो नहीं कि जिनगी भर उनकी मनमानी चलती जाये और कोई कुछ नहीं बोले....। यह फसल तुम्हारी है सिद्धेसर, इस पर सिरफ तुम्हारा हक है। कल से सारे बनिहार काम पर लग जायें, देखते हैं—जियावन सिंघ किस तरह हमारे सिवान के भीतर पाँव रखते हैं—

सुधीर की अम्मा ने चुपके-से सुधीर को बालापुर भेजा था, हमें विश्वास नहीं होता कि सिद्धेसर इतनी कड़ी धमकी देगा बचवा...तुम एक बार हमारी खातिर बालापुर जाओ तो सही...हे ठाकुर जी, लोग क्या कहेंगे...सगे चाचा का लड़का ठहरा, नइहर के नाम पर सिद्धेसर के अलावा हमारा और कौन है भला...। ऐसा नहीं हो कि तुम्हारे बाबूजी और अवधेश भरम में पड़कर कोई बखेड़ा खड़ा कर दें...।

सिद्धेसर ने कितने उछाह से आगे बढ़कर सुधीर की अगवानी की थी—

अरे बबुआ, तुम अचानक! घर में सब कुशल-मंगल तो है न! बहिनिया, पाहुन...

सुधीर को यह सब अजीब-सा लगा था—छोटे मामा की सरलता और साधुता से वह अच्छी तरह परिचित था—फिर वह चिट्ठी...? बाबूजी और अवधेश भाई का वह अगिया बैताली रूप...थानेदार से उन दोनों की खुसुर-फुसुर...ओह...।

सारी बातें सुनकर सिद्धेसर एकबारगी गम्भीर हो उठे थे—

यह सच है बचवा कि हमने पाहुन के पास अपनी एक अरजी भेजी थी, जूट मिल की मुंशीगिरी हमारे पल्ले नहीं पड़ने की...काका जी के हिस्से का दस बीघा खेत बँटइया पर पाहुन हमें दे दें तो हमारे परिवार का प्रतिपाल हो जाएगा...रही बात धमकी देने की, चाहे लड़-झगड़कर जोर-जबरदस्ती खड़ी फसल का बाँट-बखरा करने की—तो इतनी नीचताई हमारे भीतर कभी नहीं आने की...। बहिनिया मुँह खोलकर कह दे—तो हम अभी कलकत्ता वापिस चले जायें...जैसे-तैसे अपना और अपने परिवार का निबाह...

सुधीर से नहीं रहा गया था—तो, वह सरपंच वाली बात...सहार से मँगाये गये लठैतों की खबर...

सिद्धेश्वर ने कैसी वीतरागी दृष्टि से अपने सीधे-सादे भगिने को देखा था—

सरपंच सिवसुन्नर बाबू से तुम्हारे बाबूजी की अदावत किसी से छिपी नहीं है बबुआ...हमें बरगलाने के लिए वे खुद चलकर हमारी दालान तक आये थे...पिछले मुखिया वाले चुनाव में पाहुन की उम्मीदवारी को सिवसुन्नर बाबू के षड्यन्त्र से गहरा धक्का लगा था—पिछड़े टोलों के सभी वोट सहेजकर इन्होंने भुलेटन चौधरी को जितवा दिया था। रघुवंश बाबू एमेले भी इन्हीं की पाटी में शामिल हो गये थे—सिवसुन्नर बाबू को लगा होगा कि यही मौका है—पाहुन को नीचा दिखाने का। सो हमें फोड़ने चले आये थे...तुम निश्चिन्त जाओ बबुआऽ, बहिनिया से कह देना—घर की बात में बाहर वालों का साझा हम मरते दम तक नहीं होने देंगे—फसल पाहुन की है, वे आयें, कटवाकर लदनी लदवा लें...हमारी ओर से कोई कुछ भी नहीं कहेगा।

जिस रात जियावन सिंघ की बखरी में बालापुर की रब्बी की ढोआई पूरी हुई थी, उसी रात नकाबपोश उनके आँगन में रस्सी की नसैनी के सहारे उतरे थे—एक नहीं, पूरे एक दर्जन...।

बालापुर वाली ने देख लिया था। गोहार मचाती, इसके पहले भुजाली

दिखाकर उन्हें पीछे वाले गोहाल में बन्द करके डकैत अवधेश के कमरे का पल्ला तोड़कर भीतर समा गये थे...।

घंटे भर में तिजोरी, सन्दूक, अलमारी सब खाली करके जाते बखत देशी तमंचे को हवा में दागते हुए जियावन सिंघ को धमकी दे गये थे—

वह चिट्ठी हमने भिजवायी थी बाबू साहेब...अगली बेर मुखियागिरी के सौख से बाज आ जाओ, इसीलिए...और यह जो इतनी नकदी जमा करके रखी है न, इसे अपने साथ लिये जाते हैं, पिछड़े टोले का वोट इसी की बदौलत हमारे मलिकार की झोली में...खबरदार, जो अपने सगे थानेदार को इत्तिला दी...कोई फायदा नहीं होगा। तुम्हें पता नहीं...उसको तो हम लोगों ने चाँदी की पनही सुँघाकर पहिले ही फिट...।

जियावन सिंघ के कलेजे में जैसे किसी ने बरछी चुभा दी हो...सिवसुन्नर सरपंच की यह औकात...और थानेदार चौधरी भी उसी के पच्छ में...। यह सच था कि इस बार अपनी मुखियागिरी पक्की करवाने के लिए उन्होंने एड़ी-चोटी का जोर लगा दिया था—झक सफेद खादी का कुरता, नखीदार कोर वाली कलफदार धोती और जवाहर बंडी पहिनकर हर हफ्ते पटना जाते, नवरतन तिवारी की कोठी पर जी-हुजूरी बताते और मन्त्री जी का अभय पाकर ही वापस लौटते—

तुम किसी बात की चिन्ता मत करो बाबूसाहेब, इस बार मुख्यमन्त्री जी ने हरी झंडी दिखा दी है—सातों गाँवों के पंचायत का सेहरा इस बार तुम्हारे माथे, चुनाव नजदीक है—बस हमारा ध्यान रखा करो...पार्टी के भाई-बन्दों की आस पुजा दिया करो...और क्या, इस मामले को तो एकदम फिट समझो...। अरे भाई, हमारे बाद अपने गाँव-जवार की, क्षेत्र की अगुवाई तुम्हीं को करनी है न... लेकिन पंडित जी, वह सिवसुन्नर सरपंच...।

अरे, छोड़ो भी उसे—लगे रहने दो...तुम्हारी औकात को वह क्या पाएगा भला? पूरे जवार में ट्रैक्टर वाला बाबू साहेब दूसरा कोई है क्या? लक्ष्मी की अपार कृपा है तुम पर जियावन...तुम जनसेवा में रुचि ले रहे हो, यह तो हमारे लिए सचमुच खुशी की बात है। जाओ, मन लगाकर जनता-जनार्दन की सेवा करो...अरे कुछ भंडारा—कुछ दान-दच्छिना...।

इसी भंडारे के लिए तो चुपचाप नकदी का जोगाड़ किया था जियावन सिंघ ने...समूचे नान्ह टोले के परिवार पीछे एक कम्बल, एक धोती और आधा मन अनाज...

नकाबपोश की लाठी से अधिक कचोट उसकी आखिरी बात की हुई थी—थानेदार चौधरी भी बिका हुआ जिनावर हो गया, यह कब से...

भोर होते-न-होते सारे गाँव में आग की तरह बात फैल गयी थी। सुमेर सिंघ ने सुना तो अवाक् रह गये थे—रजुली बेटी, हमारी रसोई तेरे जिम्मे...यह रोटी-पानी सब सहेजकर अपने घर लिये जाना...छोटकू की सार-सँभाल के लिए हमारा आज उसके पास रहना बहुत जरूरी है। दुष्टों ने कहीं मार-पीट नहीं की हो देखें—तो जरा...।

पलंग पर औंधे पड़े जियावन सिंघ को सुमेर सिंघ के आने की खबर मिल चुकी थी। सुधीर उन्हें अपने साथ-साथ दालान तक लिवा लाया था—

कैसे हो छोटकू—कहीं चोट तो नहीं आयी न...?

वह पहला दिन था, जब जियावन सिंघ के चेहरे पर बड़े भाई के लिए हिकारत का कोई भाव नहीं उमड़ा था—बिना एक भी शब्द कहे पायताने से पैर सिकोड़कर बड़े भाई के लिए जगह बनाने चले तो सुमेर सिंघ का मन अनायास भर आया था—लेटे रहो छोटकू...

सुधीर, अम्मा से कहो, लोटा भर दूध में कच्ची हल्दी खौलाकर ले आयें...। और अवधेश कहाँ है—देखो तो—न हो तो मैं और अवधेश थाने जाकर...

बोरसी की बुझी हुई आग को जैसे किसी ने कुरेदकर लहका दिया हो—जियावन सिंघ एकबारगी चिहुँक उठे थे—किसी को कहीं भी जाने की जरूरत नहीं, वह सँपोला...थानेदार...

अवधेश ने बीच में आकर टोक दिया—आहिस्ते बोलिए बाबूजी, थानेदार बाहर ओसारे में बैठा हुआ है—

उसे कैसे पता चला कि...?

अब यह तो वही जाने या आप...चलिए, आपको बुला रहा है।

जियावन सिंघ पलंग की पाटी पकड़कर उठे तो देह की सारी ताकत निचुड़ी हुई-सी लगने लगी थी। सुधीर और सुमेर सिंघ ने आगे बढ़कर दोनों ओर से सहारा दिया था—

हिम्मत से काम लो छोटकू, जो अपने नसीब का नहीं था, वह चला गया। उन नीचों ने किसी पर जानलेवा हमला नहीं किया, यह सबसे बड़ी गनीमत समझो।

थानेदार चौधरी की तहकीकात शुरू हो, इसके पहले अवधेश के मुँह से तीखे बोल फूट पड़े थे—अभी तो ठीक से भोर भी नहीं हुई है। आपको हमारे किस खैरख्वाह ने खबर दे दी थानेदार साहेब कि हमारे यहाँ डकैती...

थानेदार चौधरी के मुँह में कुनैन-सी कड़वाहट घुल गयी थी—

बाबू जियावन सिंघ...आप जमींदार होंगे अपने घर के। हमारी थानेदारी की तौहीन आज तक बड़े-बड़े हाकिम-हुक्काम नहीं कर सके...चेता दीजिए अपने

साहबजादे को...। ज़रा सँभलकर बोलना सीखे। वह तो हम सुबह-सुबह हवाखोरी के लिए निकले थे—तो सिवान पर आपका बनिहार सितुवा भेंटा गया, उसी से खबर मिली। सोचा कि चलें—हमीं आगे बढ़कर...

जियावन सिंघ के चेहरे पर कैसी करुणा भरी विवशता का फैलाव था—

लड़का है, इतने बड़े नुकसान की चोट सह नहीं पाया...चौधरी जी, नाहक गुस्सा मत होइए...हमारे ग्रह-नक्षत्र तो पहले से ही बिगड़े हुए हैं...।

थानेदार चौधरी की कुटिलता भरी आँखें सुमेर सिंघ पर टिक गयी थीं—हाँ, जब सगा भाई दुश्मनी पर उतर आये तब घर-सम्पत्ति के बिखरते कितनी देर लगती है, बाबू साहेब...। खैर, आप तो यह बताइए—आपने डकैतों में से किसी को पहचाना—कितने लोग थे...? नगदी और जेवर मिलाकर कितना सामान ले गये...?

...

ठीक है, हौसला रखिए बाबू साहेब...। हम अपनी ओर से कोई भी कोर-कसर नहीं छोड़ेंगे—बाकी आपकी किस्मत...

हाँ..., अभी भी अगर आप यह बता सकें कि आपका शुबहा किसी पर जाता हो, तो हमारे लिए काम आसान हो जाएगा...

अवधेश ने आगे बढ़कर कुछ कहना चाहा था—जियावन सिंघ ने उसकी कलाई पकड़कर उसे पीछे कर लिया था—

नहीं थानेदार साहेब...जब हमने किसी को ठीक से देखा या पहिचाना नहीं, तो हम किस तरह...

जैसी आपकी मरजी,...हाँ, फुर्सत हो तो एक बार थाने की तरफ आ जाइएगा...

थानेदार चौधरी को छोड़कर वापस आये तो जियावन सिंघ के पूरे शरीर में आग जैसा कुछ दहक उठा था—इसे कुछ भी बताने का अर्थ है अपनी रही-सही साख गँवाकर सब ओर से नाकारा बन जाना...।

सुमेर सिंघ ने आश्वस्त करना चाहा था—यह करनी चाहे किसी की भी हो—यह तो सच है छोटकू कि गयी हुई दौलत वापस नहीं आने की...अब अफसोस छोड़कर अपना मन स्थिर करो...। एक बात जरूर सोचने की है—गाँव-जवार में आज तक हमारे खानदान का इतना बड़ा बैरी कोई भी नहीं पैदा हुआ था—आखिर यह करतूत किसकी हो सकती है?

जियावन सिंघ का मन हुआ था—बड़े भाई को सारी बातें बता दें—उनसे सलाह-मशविरा करके तय कर सकें कि आगे क्या किया जाए?

सुमेर सिंघ कुछ कहते...इसके पहले अवधेश ने हमेशा की तरह आँगन में

उठा-पटक शुरू कर दी थी—

जमीन में हिस्सा बँटाने के लिए फौजदारी करते समय यह नेह-छोह कहाँ चला गया था, हम सब समझते हैं, बड़कू हमारी बरबादी का मजा लेने आये हैं—इन्हें हमारे दु:ख-दरद से भला क्या मतलब...। और यह सुधिरवा ही सारी खुराफात की जड़ है—यही इन्हें अपने साथ लिवा लाया है, वरना...

सुमेर सिंघ धीरे-से उठ खड़े हुए थे—अच्छा भाई, धीरज धरो...हड़बड़ी में कोई ऐसा काम नहीं करना जिससे किसी नयी साँसत में जान फँस जाए...। जो भी कदम उठाना, समझ-बूझकर...।

बिरजू ने सुना तो सारा काम-काज छोड़कर भागा हुआ सुमेर सिंघ के पास चला आया था—

यह सब कैसे हुआ सुमेर भाई, आप तो वहीं से आ रहे हैं न...किसी से कोई पुरानी अदावत...

सुमेर सिंघ कुछ भी कहने-सुनने की मन:स्थिति में नहीं थे...उस दिन पहली बार उनके मन में अवधेश के भविष्य को लेकर गहरी दुश्चिन्ताएँ पैदा हुई थीं—

बी.ए. की परीक्षा में तीसरी बार असफल होकर हमेशा के लिए पढ़ाई-लिखाई को तिलांजलि देने वाले अवधेश ने हमेशा के लिए जिस खानाबदोश जिन्दगी को नेवता दिया था, उसका अंजाम क्या होगा...?

दिन-दिन भर खेत की मेड़ पर बैठकर अपने पुट्ठों की चमकती हुई मछलियों को गुरूर से देखकर मूँछें उमेठते रहना, सुबह-साँझ दहिवर के अखाड़े में सरसों तेल की चिकनाई से भरी चमकती देह लिये मुद्गर भाँजना और रास्ता चलते किसी की बहू-बेटी को देखकर अनाप-शनाप कुछ भी बोल देना...।

सुधीर ने धीरे-से कहा था—कितने ही रिश्ते आये...अवधेश भइया को पूरी मालदार पार्टी का इन्तजार है। पैसे की यह हवस क्या आदमी को सचमुच आदमी नहीं रहने देती, काकाजी...?

सुमेर सिंघ ने बिना कोई उत्तर दिये सुधीर की पीठ धीरे-से थपथपा दी थी—दोष अवधेश का उतना नहीं, जितना छोटकू का है...बचवा, बचपन में जैसी आदत डाली जाती है, बच्चा बड़ा होकर वैसे ही सुभाव में ढल जाता है। अवधेश की बदजबानी का हमने कभी बुरा नहीं माना, हमें डर है तो सिरफ एक ही बात का—

...

अवधेश जिस रास्ते पर चल रहा है—वह रास्ता बड़ा खतरनाक है सुधीर,

मुझे अन्देशा है कि कहीं वह इतनी दूर न चला जाय कि फिर हम उसे वापस...

अँधेरा पूरे गाँव पर उतर आया था—पश्चिमी सिवान पर कुत्तों के रह-रहकर भूँकने की आवाजें सुनाई पड़ रही थीं। जाड़े की उस कँपकँपाती हुई रात में फटे हुए कम्बल से देह ढँकने की नाकाम कोशिश करते बिरजू ने रजुली को आवाज दी थी—

कुछ गोंइठा और थोड़ी सूखी लकड़ी जला दे बचियाऽ, यह जाड़ा तो उतरने का नाम ही नहीं ले रहा है। रजुली जानती थी। दो दिन से आधा पेट भोजन करके उठ जाने वाले बिरजू के मन की पीड़ा से वह भलीभाँति परिचित थी—चाकरी नहीं, अपनी धूर भर भी जमीन नहीं...सुमेर सिंघ ने जोर-जबर्दस्ती करके अनाज की एक बोरी उसके ओसारे में रखवा दी थी—राम को गये हुए महीने भर से ऊपर हो गया था—कोई खोज-खबर नहीं, चिट्ठी-पतरी तक नहीं...।

रजुली की माई के मन में न जाने कैसी हूक समा गयी थी—जिनगी के सब रस सूख गइल रजुली के बाबू...भगवान अइसन दिन देखइहें—दू कौर भोजन खातिर दोसरा के मोहताज हो जाये के परी—इ ना मालूम रहे। रजुली के उहे हाल बा—जब देखऽ तब अपना कोठरी में चुपचाप छत के धरन पर टकटकी लगवले...रामू के गइला अतना दिन हो गइल...हमार हँसत-खेलत घर पर ना जाने कवना के नजर लागि गइल...

सुधीर की अम्मा ने भी यही कहकर बिलखते हुए सुमेर सिंघ के आगे आँचल पसार दिया था—एह घर के साइत बिगड़ गइल, जेठ भाई जी!

सुधीर ने उन्हें पूरी बात समझायी थी—अवधेश दस दिनों से लापता है। कहाँ गया, कब तक लौटकर आएगा—किसी को पता नहीं...

जियावन सिंघ ने अपना आखिरी जोर लगा दिया था। चुनाव एकदम माथे पर था—हरी झंडी की आशा में गाँव से पटना की दौड़ लगाते-लगाते जियावन सिंघ के जूतों की तल्लियाँ घिस चुकी थीं। खलिहान में, चौपाल में जहाँ भी बैठते बाबू टोले के दो-चार लोग चौतरफा घेरा डालकर मुँह पुछाई करते होते—सबको आशा थी—इस बार बाबू जियावन सिंघ की पगड़ी ऊँची होकर रहेगी। लखनदेव सिंघ ने तो लगे हाथ भविष्यवाणी कर डाली थी—

सिवसुन्नर का पलड़ा अपने-आप कमजोर पड़ गया है। तुम लोगों को वह रबिया तुरकिन वाला किस्सा मालूम नहीं है क्या?

बालापुर के सिवसुन्नर सिंघ राहत बाँटने के लिए तुरुक टोले की ओर गये

थे। मुसम्मात राबिया ने चीख-चीखकर पूरे मोहल्ले में कोहराम मचा दिया था—सिवसुन्नर ने हमारी अस्मत पर हाथ डाला—इस कमीने ने राहत देने के बहाने...।

आपको शायद मालूम नहीं जियावन भाई, एमेले साहेब ने मन्तरी जी तक नमक-मिर्च लगाकर सारी रामकहानी पहुँचा दी है। सुना है, मन्तरी जी बेहद खफा थे—पार्टी की छवि को धूल में मिलाने के लिए इस आदमी ने इतनी गन्दी हरकत की है।

बाबू जियावन सिंघ के चेहरे पर बहुत दिनों के बाद पहली बार मुस्कान का फीका-सा रंग आया था—

हमारा बिस्तरबन्द तैयार कीजिए मलकिनी, हम हफ्ते भर के लिए पटना जाएँगे।

उन्होंने तय किया था—जय हो, या कि क्षय...। इस बार नवरतन बाबू से दो-टूक बात कर ही लेनी है। पिछले पच्चीस बरस से सोने के अंडे देने वाली मुर्गी को सेते चले जाने वाले उस आदमी का जीवन जी रहे हैं बाबू जियावन सिंघ...। पाँच बरिस पहिले—पंचायत के चुनाव में केवल पचासी वोट से पीछे रह गये थे। ऐसे अचानक पासा पलट जाने से क्षुब्ध महीने भर अपनी कोठरी में बन्द एक ही उधेड़बुन में फँसे रहे थे, आखिर उनसे ऐसी कौन-सी चूक हो गयी थी? जवार भर के नान्ह टोले में सालभर पहले से राशन-कपड़ा बँटवाने का जिम्मा लेकर जब वे वोट माँगने भगेलू प्रधान के बसाते हुए टोले में गये थे, तब उसने कितनी चिरौरी की थी—आपने इतना खरच-बरच किया है सरकार, हमारे लेखे तो आप ही धरम के अवतार ठहरे—आपको छोड़कर भला...हार के बाद, चोट खाये हुए करैत की तरह फुफकारकर उन्होंने भगेलू प्रधान के छोकरे को देखा था। प्रणाम-पाती तो दूर, कैसे तरेरती हुई आँखों से उन्हें देखता वह ठीक सामने से विषैली मुस्कान के तीर छोड़ता चला गया था। बाद में अवधेश ने बताया था—

चुनाव के ठीक एक दिन पहले सिवसुन्नर के दोनों बेटे और दामाद रुपयों की थैली लेकर गाँव-गाँव घूम आये थे...भगेलू का नयी उठान वाला छोकरा सिवसुन्नर के छोटे बेटे के साथ बारह जमात पढ़कर गाँव लौटा था। उन्हीं दोनों की मिली-भगत से...।

सब कुछ सुनकर जवार के मन्त्री नवरतन बाबू ने अफसोस जाहिर किया था, इस बार फिर आप जौ की कोर भर के लिए चूक गये जियावन बाबू, जब आपको अन्देशा था, तब पहले से सतर्क...अच्छा, कोई बात नहीं...। उन्होंने अपने अमलों को तनिक रसिक भाव से निहारते हुए उनकी पीठ ठोक दी थी,

गिरते हैं शहसवार ही मैदाने-जंग में...अगली बार जियावन बाबू के लिए कोई -न-कोई जोगाड़ हम खुद करेंगे। बस, आप ग्राम-सुधार की योजनाओं पर अमल कीजिए, सरकार का साथ दीजिए और यकीन मानिए सरकार आपके साथ होगी...।

मोगलसराय-पटना वाली जनता गाड़ी पकड़कर पटना स्टेशन पर उतरे तो धूल से देह सनी हुई थी...उन्होंने तय किया—आज रात निमेज वाले साढ़ू के यहाँ विश्राम कर लें फिर कल सवेरे छज्जूबाग जाएँगे। संकटमोचन महावीर जी के मन्दिर में माथा टेककर बाहर निकल रहे थे, तब तक बक्सर के दारोगा लखीमी दुबे को अपनी ओर आते देख तनिक आशंकित भाव से निकासी वाले दरवाजे की बायीं ओर खड़े हो गये...

जै, जै, जियावन बाबू...इहवाँ पटना में, किया बात है?

...

हेने आइए भाई, आपसे तनिक पिराइवेट में...

...

सुनने में आया है कि आपके सुपुत्तर जी का रंग-ढंग कुछ बिसेस...

जियावन सिंघ का मन उद्विग्न हो उठा था—

आप क्या कहना चाहते हैं—दुबेजी...साफ-साफ...

हँ, त साफे-साफ त कहिए रहे हैं। और आपको साफे-साफ सुनने के लिए तइयार भी रहना चाहिए, बाबू साहेब...महीना भर पहिले थाना में एक रपट आयी है। पुरनिया जिला के मोकाम पर गाँजा और चरस का कारोबारी कॉलेजिहा लड़िका लोगन का दल पकड़ाया, उसी में आपके सपूत अवधेश जी भी...

जियावन सिंघ तमक उठे थे—ऐसी बात कहकर आप हमारी तौहीनी कर रहे हैं दरोगा जी, आपके पास क्या सबूत है कि हमारा अवधेश भी...

लखीमी दुबे की कंजी आँखें एक शैतानी मुसकान से सराबोर हो उठी थीं—

सबूत त हमारे पास कवनो नहीं है जियावन बाबू, बाकी चार जन के मुँह से जो बात सुनी जाये उसको सबूत की दरकार नहीं होती...हम त आपको सलाह देने के लिए ठहरे थे भाई, चौधरी डी.यस.पी. आउर सिवसुन्नर सिंघ की मिलीभगत आपसे छिपी हुई नहीं है। चौधरी को आपके लड़के के गायब होने की बात तो पता चल गयी है, वह इस फिराक में है कि...

उस रात लोहानीपुर वाले साढ़ू के ओसारे में सोने चले, तो नींद अपना पुराना बैर साधती बदस्तूर अँधेरे क्षितिज के किसी दूर वाले छोर पर जाकर अटक

गयी थी—

अवधेश ने उनसे खुली बहस की थी—गाछ पर लगे हुए कटहल को देख-देखकर यह अनुमान लगाना कि इसको पककर गिरना ही है—यह धीरज आप सँजो सकते हैं बाबूजी, हमारे बूते का यह रोग नहीं...। दस बरस से आस लगाये बैठे रहे—शिवरतन बाबू की ड्योढी पूजते रहे और पका हुआ कटहल गिरा तो किस आँगन में...? हम आपको बार-बार कहते रहे—कोई भी चीज आज के जमाने में ऐसे ही नरम भाव से तो मिलने से रही...। आगे बढ़कर छीन लेने की ताकत आपके भीतर नहीं है, तो आप कुछ भी नहीं कर सकते, कुछ भी नहीं...।

उसने सुझाव दिया था—

सरजू, सिद्धू, दशरथ और नान्हे बनिहार टोली का पूरा समर्थन लेकर हमारे साथ हो सकते हैं। एक बार इनकी कड़कड़ाती लाठियों का जोर हमारे साथ हो जाये तो दूसरे टोलों के आदमियों को वश में करते देर नहीं लगेगी।

चोर उनके अपने ही मन में था—बिरजू को हरवाही से निकालकर उन्होंने भीतर-ही-भीतर बहुत अच्छा महसूस किया हो, ऐसी बात नहीं थी। सित्तू को बनिहारी पर रखते हुए कई बार उनके मन में बाबूजी की एक बात कौंध गयी थी—पुरान चाउर, आ पुरान सेवक के लच्छन दोसर होला बबुआ...। हमार एक बात गाँठ बाँध लीहऽ। बनिहार, पवनिया के छोट-छोट गलती पर बेसी धियान मत दीहऽ।

अवधेश बिरजू पर आग भभूका क्यों हो उठा था, यह बात उन्हें बाद में समझ आयी थी। अवधेश के खिलाफ गोहार करने आया था, तब बिरजू की बुझी हुई आँखों में अलाव की ताजा आग जैसी सुलगती उस पीड़ा को वे सहसा सह नहीं पाये थे—

गरीब की धिया का मान-अपमान क्या कुछ भी नहीं होता मलिकार, अगर हमारी रजुली इस हवेली की धिया होती तो क्या हमारे टोले के किसी छोकरे का साहस होता कि वह उसके साथ...

पुरानी परम्पराओं के लिए भीतर से कहीं दुर्बल होने के बावजूद उस दिन वे बिरजू की आग-सी लहकती सीधी-सच्ची बात का सामना नहीं कर पाये थे—

क्या था वह, बेटे के लिए बाप का सनातनी मोह या कि अपने कन्धे से भी ऊँचे कन्धों वाले भरपूर जवान बेटे के प्रबल दुस्साहसी स्वभाव से उपजा हुआ भय...। उनके वजूद की तनिक भी परवाह नहीं करते हुए अवधेश ने बिरजू को ओसारे से बाहर चले जाने का फरमान सुना दिया था—

यह आदमी गहरा भितरघाती है बाबूजी बाहर से सधुवाया हुआ दिखता है लेकिन इसके पेट में कितने गुन भरे पड़े हैं। आप मानें, चाहे मत मानें, जब से इसे बड़का बाबूजी का संग-साथ मिला है, यह और बहक गया है। सातवें आसमान पर मन-मिज़ाज रखनेवाले किसी टहलुवे को अपने यहाँ रखने का मतलब होगा...अपने घर को साबरमती का आश्रम बना देना...। हमारी बात मानिए तो आप इसे निकालकर....

अवधेश ने बनिहार टोले के सित्तू के बारे में अपने कुछ खास तर्क दिये थे—यह आदमी बहुत चलता-पुरजा है—जवान और मेहनती भी—बिरजुवा की तरह नहीं कि कुदाल की बीस-पच्चीस खेप में ही हाँफने लगे...। आप इसको अपना विश्वासी मानकर बेला-कुबेला अपने साथ यहाँ-वहाँ ले जा सकते हैं—कभी घर अगोरिया की जरूरत पड़ी तो यह रात भर जगकर...

साल भर में उन्होंने बड़ी बारीकी से सबकुछ परख लिया था—सित्तू जरूरत से ज्यादा होशियार था। बक्सर के पुराने साहूकार ने शिकायत की थी—बाजार भाव से बीस पैसा अधिक देते थे—हमसे कौन कसूर हो गया मालिक, दोनों फसल बीत गयी—गेहूँ, चना, सरसों, मकई कुछ भी नहीं...।

उन्होंने अवधेश से पूछा था—सित्तू ने आगे बढ़कर कितनी चतुराई से जवाब दिया था, दुखहरन साहू की नाप-जोख का तरीका देखकर ही हमने समझ लिया था—कहीं कोई भारी घपला जरूर है। आपको क्या बतायें मालिक, ससुर टेढ़ी डंडी और नकली बटखरे से तौलकर इतने दिन तक सबको बेवकूफ बनाता रहा। अनाज तौलवाने तो बिरजू ही जाता था—क्या उसने भी कभी...

अवधेश ने तिनककर टोक दिया था—उन सालों की आपस में कोई मिलीभगत रही होगी—तुमने दुकान बदल दी, अच्छा किया, सित्तू...।

अवधेश की माँ ने एकाध बार इशारे से अपनी बात समझाने की पहल की थी—

सितुवा के लच्छन ठीक नइखे—बखरी में अनाज एतना जल्दी अधिया जाई...अइसन बात पहिला बेर भइल बा...

अवधेश ने कैसी घूरती हुई आँखों से देखकर बात को वहीं खत्म कर दिया था—तुम्हारा पुरानपन्थी सोच कभी नहीं जाएगा। सित्तू पर अविश्वास करने का कोई ठोस प्रमाण है तुम्हारे पास?

दारोगा लखीमी दुबे की बातों पर स्वयं जियावन सिंघ कहाँ विश्वास कर पाये थे। अगर उनके साढ़ू ने सुबह नाश्ते पर उन्हें टोका नहीं होता, तो वे उस बातबनाऊ दारोगा की कथनी को कोरा गप्प मानकर कबके अपनी तसल्ली कर

चुके होते—

भाई साहब, सच कहने-सुनने में बड़ा खराब लगता है, लेकिन जब पानी सिर के ऊपर से गुजरने लगे तब...

जियावन सिंघ की भौंहों का असाधारण तनाव देखकर उन्होंने सकुचाते हुए बात पलटनी चाही थी, हम तो सोच रहे थे कि शायद आपको मालूम...

...जो कुछ कहना है, बिना लाग-लपेट के कह डालिए साढ़ू भाई, हम सुनने के लिए तैयार हैं...

उनकी साली ने अँटकते हुए, इशारे में सारा किस्सा कह सुनाया था—

अवधेश अपने साथ तीन डरावनी शक्ल वाले लड़कों को लेकर आया था—

मौसी, ये हमारे साथी हैं। इनके रहने का बन्दोबस्त ऊपर वाले कमरे में...

अवधेश के मौसेरे भाई रजनीश ने अपनी माँ की बातों की तसदीक की थी—उस रात अवधेश भइया बौखलाहट में न जाने क्या-क्या कहते रहे थे—उनके साथियों ने उनकी हर बात को अपना भरपूर समर्थन दिया था, वे लोग किसी आदमी को देख लेने के मन्सूबे बना रहे थे—शायद शिवसुन्दर सिंह या ऐसा ही कुछ नाम था उसका...।

जियावन सिंघ के हाथ से चाय की प्याली छूटकर नीचे गिर गयी थी, मुँह का स्वाद कैसा विषैला हो आया—नहीं, इतनी दूर तक उन्होंने नहीं सोचा था। पंचायती चुनाव में करारी हार के बाद उनका माथा ठनका जरूर था, अवधेश ने बिना किसी से कुछ कहे-सुने अपना बिस्तरबन्द बाँध लिया था—बाबूजी, हमें पाँच हजार रुपयों की जरूरत है...। असाधारण रूप से गम्भीर उसके चेहरे को देखकर वे रोक-टोक करने की हिम्मत नहीं जुटा पाये थे।

सुधीर ने ही आगे बढ़कर उन्हें मना किया था—बाबूजी, सोहन सिंह और सुखवीर सहार के नामी डकैत हैं। पिछले साल अवधेश भइया का रिश्ता टूटा था, तब इन्हीं के इशारे पर उन लोगों ने बलिराम सिंघ जी की बखरी लूटी थी। पूछिए इनसे, क्या इनकी यह मंशा नहीं थी कि...उनकी पोती सुजाता को...बलिराम सिंघ ने अवधेश भइया को पहचान लिया था—वे चाहते तो उसी दिन कितना बड़ा अनर्थ हो गया होता, इसका अन्दाजा आपको नहीं है, बाबूजी! अब भी समय है...जैसे बन पड़े, अवधेश भइया को रोकिए...आप इनकी हर उचित-अनुचित बात को शह देते आये—यही कारण है कि...।

जियावन सिंघ ने बिना किसी से कुछ कहे-सुने अचानक अपना मन बदल दिया था—रजनीश, हमें स्टेशन तक पहुँचा दो बचवा, हम एक बजे वाली गाड़ी

से गाँव लौट जाना चाहते हैं।

बाबू बलिराम सिंघ का ट्रैक्टर उनके बड़े भाई सुमेर सिंघ की खपरैल के सामने? जियावन सिंघ को सहसा अपनी आँखों पर विश्वास नहीं हुआ था।

विश्वास तो स्वयं सुमेर सिंघ भी नहीं कर पाये थे—जनेऊ सुलझाते, फूल की चँगेरी थामे, साँझा-बाती और कीर्त्तन-पूजा के लिए शिवाले की ओर जा रहे थे, तभी ठीक बगल से आती एक गम्भीर आवाज सुनाई पड़ी थी—

बरखुरदार, छावनी में इस नियम-धरम का कैसे निबाह करते होंगे?

उन्होंने पलटकर देखा था—खादी के झक सफेद कपड़ों में बलिराम सिंघ का बुढ़ापा एक नयी रौनक से सज उठा था—कैसी वात्सल्य भरी मुस्कान उनके चेहरे पर थी। न जाने क्या हुआ था, सुमेर सिंघ अपने को रोक नहीं पाये थे—फूल की चँगेरी कुम्हड़े की बेल वाली मचान से टिकाते हुए उन्होंने सहसा झुक कर बलिराम सिंघ के पाँव छू लिये थे—

अरे, सुमेर...तुमने यह क्या किया भाई, हम इस जोग नहीं...

उन्होंने शिवाला जाने का विचार त्याग दिया था—अपने ओसारे की साधारण-सी खेस बिछी चौकी पर बलिराम सिंघ को बिठाते हुए पहली बार उन्होंने हल्की-सी सकुचाहट का अनुभव किया था—

तुम किसी बात की चिन्ता मत करो...हम यहाँ बिल्कुल ठीक हैं। कई दिनों से मन उचाट हो रहा था, इधर से गुजर रहे थे तो सोचा कि...

सुमेर सिंघ अच्छी तरह भाँप गये थे—बुढ़ऊ जो कह रहे थे, बात दरअसल उतनी ही नहीं थी और जो कुछ वे कहना चाह रहे थे शायद उसके लिए वे यकायक अपने-आपको तैयार नहीं कर पा रहे थे...

क्या था बाबू बलिराम सिंघ की आँखों में...उन्होंने कैसी तरल आँखों से सुमेर सिंघ के छोटे-से घर को चारों तरफ भरपूर निहारा था—उनका चेहरा कैसे अथाह सूनेपन से घिर आया था—वे अच्छी तरह जानते थे—दरवाजे की साँकल को धीरे-से थपथपाकर चूड़ियों से भरी कोई हथेली स्वागत की सामग्री लिये इस घर की चौखट से कभी आगे बढ़ने वाली नहीं है—गोधूलि के सूने आकाश-सा सूना घर आँगन। एक लम्बे मौन की कथा को चुपचाप गुनते हुए दोनों अपनी-अपनी जगह पर स्थिर बैठे रहे थे...। सुमेर सिंघ को लगने लगा था—अगर थोड़ी देर तक उन आँखों की ताब झेलते चुप बैठे रहे तो उनकी शिराओं में बहता रक्त एकबारगी जम जाएगा, वे निष्पन्द पुतले की तरह जड़ होकर रह जाएँगे...।

उस खिंचाव से अपने को मुक्त करने की जबरन कोशिश करते हुए वे उठ

खड़े हुए थे—

आपके लिए दूध...

नहीं, रहने दो...। तुम मेरे सामने बैठो...।

...

सुमेर, तुमसे एक जरूरी मशविरा करना था—

...

कमला की तबीयत ठीक नहीं चल रही है—दिन-दिन भर स्कूल का बोझ और साँझ-सुबह उसके पूजा-पाठ का कठोर विधान...विधाता न जाने क्या देखने के लिए मुझे और अधिक जिलाना चाहता है। सत्तर से ऊपर मेरी आयु हुई...बेटे के नहीं रहने का सदमा—कमला का दु:ख, फूल जैसी पोती की टूटी-हारी जिन्दगी, मेरे कन्धे इतने बड़े बोझ को उठा पाने में असहायता का अनुभव कर रहे हैं, सुमेर...। मैं सचमुच बेहद थक गया हूँ...क्या करूँ...किसको-किसको सँभालूँ...? शिवाले की ओर से आती हवा कीर्त्तन के स्वर से भर उठी थी—सुमेर सिंघ ने धीरे से उठकर लालटेन की जोत ऊँची की थी। उन्हें लगा था—थोड़ी देर पहले उनके सामने सीधी-सतर बैठी हुई वह काया प्रार्थना की भंगिमा में यकायक झुक गयी थी। उनका मन हुआ था—निहुरे हुए दोनों कन्धों को अपनी हथेलियों की ताकत सौंपें और कहें—

आपके सुख में साझीदार नहीं हूँ—बेशक यह अभियोग मेरा है, लेकिन आपके दु:ख को अपना दु:ख मान सकूँ तो शायद इस जीवन में अपने लिए प्रायश्चित की कोई दिशा ढूँढ़ सकूँ।

बलिराम सिंघ ने उन्हें कुछ भी कहने का मौका नहीं दिया था—

अच्छा भाई, चलें, बड़ी अबेर हो गयी...। कभी मौका निकालकर हमारी तरफ भी आ जाया करो, बरखुरदार!

ट्रैक्टर पर बैठते हुए उन्होंने अचानक कुछ याद करते हुए कुरते की दाहिनी जेब में हाथ डाला था—अरे हाँ, कमली ने एक पत्र दिया है, वह जो तुम्हारी गानरा पुत्री है न...क्या नाग है उसका?

रजुली...

हाँ-हाँ, उसी रजुली के नाम...। अब उस टोले में जाने का समय नहीं है—

तुम्हीं उसे दे देना—

क्या लिखा था उस पत्र में...

मोती जैसे सुडौल अक्षरों की वे इबारतें—

राज, (वे चौंक गये थे—रजुली को यह सम्बोधन केवल उन्होंने दिया था तो क्या कमला भी...)

तुम्हारे आवेदन-पत्र पर समिति ने विचार किया है, शिक्षिका-पद के लिए तुम्हारी नियुक्ति तभी सम्भव है जब तुम्हारे पास किसी मान्यता प्राप्त प्रशिक्षण विद्यालय का प्रमाण-पत्र हो...। तुम्हारी व्यथा मैं समझ सकती हूँ...प्रभु में आस्था रखो, तुम्हारे लिए मैंने कुछ काम जुटाये हैं...एक-दो दिनों में आ जाओगी तो इकट्ठे—सारा सामान ले जा सकोगी...।

उन्होंने पत्र को फिर से वैसे ही तहाकर जेब में डाल लिया था। बनिहार टोले की ओर जाते हुए उनके मन में छिपा एक विनोदप्रिय बालक रह-रहकर चुहल करने लगा था—

लाइए हमारी चिट्ठी। काका गुरुजी, आपने सचमुच उसे पढ़ तो नहीं लिया...

पहले मेरे सवाल का जवाब देना होगा, तब...

अच्छा, पूछिए, जल्दी पूछिए—क्या पूछना है?

मेरे दिये हुए नाम पर दूसरों का दावा...? कब से...?

रजुली मीठे रोष से भर उठी थी—इसका मतलब यह हुआ कि आपने कमला मौसी वाली चिट्ठी खोलकर...जाइए हम आपसे नहीं बोलते...

सुमेर सिंघ ने खुली हुई चिट्ठी उसके सामने फैला दी थी—देखा, तेरी कमला मौसी को लिफाफा ठीक से चिपकाना भी नहीं आता है। ऊपर से दूसरों का दिया हुआ नाम चुराकर...

खबरदार काका गुरु जी, कमला मौसी की तनिक भी शिकायत की तो मुझसे बुरा कोई नहीं होगा।

अच्छा बाबा, अब नहीं करूँगा—लो, कान पकड़ता हूँ। अब बता दो, इस चिट्ठी में ऐसा क्या लिखा हुआ है—जो तुम...

हूँ...पूरी चिट्ठी पढ़कर अब झूठ-मूठ पूछने चले हैं...कि...

नहीं रे सच, तेरी सौगन्ध, यह औरतों की भाषा कभी जो मेरी समझ में आयी हो...अच्छा, बता तो...यह सामान वगैरह का चक्कर कैसा है? तू इतनी कामकाजी कब से हो गयी, राज...?

बिरजू ने हुक्के की नली बदलकर उन्हें थमाते हुए बीच में टोक दिया था—आपकी सीख लेकर पली-बढ़ी है। इस लड़की के लच्छन एकदम दूसरे हैं सुमेर भाई...इसकी माई तक को पता नहीं था...इतनी सुन्दर कसीदेकारी का काम...

रजुली की माँ ने चौखट की ओट से एक पोटली उनकी ओर बढ़ा दी थी। उसके चेहरे की मुसकान अधिक आबदार थी या पीतल की झुलनी में टँके हुए

सफेद काँच का टुकड़ा—वे नहीं समझ पाये थे। रजुली ने सकुचाते हुए एक-एक करके सभी कपड़ों की तहें खोल डाली थी—मेजपोश, तकिये के गिलाफ, जनाने-मरदाने रूमाल, कुरते की किनारी...

सुमेर सिंघ ने नजदीक से देखने वाला चश्मा चढ़ा लिया था—

यह सब तेरा बनाया हुआ है...राज, सच बता, तूने इतना सब कुछ सीखा कब..., कहाँ से? हमने तो तुझे जब भी देखा—छोटी-बड़ी पोथियों से उलझते देखा।

उस दिन पहली बार बिरजू की पत्नी ने उनके सामने मुँह खोला था—घर-गिरहस्ती के छोट-छोट काम धियाजात के सिखावे के ना पड़े जेठजी...जइसे बालक अपना मने डेगा-डेगी भरेला, जइसे गाछ-बिरिछ फुलाला, फरेला, तइसहीं घर-सँवारे के सकल जुगुत बेटी माई के पेट से सीख के आवेले—आ राउर रजुली के ऊपर त कमला बीबी जी के किरपा बाऽ।

कमला ने रजुली को कितना प्रोत्साहन दिया था, यह वे बहुत बाद में जान सके थे—

हिम्मत हारकर बैठ जाओगी, तो कुछ भी नहीं होगा राज...हमारी एक बात ध्यान से सुनो...तुम्हारे हाथ में हुनर है, हमारे विद्यालय के हस्त-शिल्प-कला केन्द्र से तुम्हें कढ़ाई का काम मिल जाएगा...जितना बारीक काम होगा—उतना ही अधिक मेहनताना...।

रजुली ने लजाते हुए अपने गुरु काका जी को बताया था—

महीने भर में चार-पाँच सौ रुपयों का काम हो जाता है...कहाँ, अभी तो कुल दो महीने...

सुमेर सिंघ की आँखों में भाप बनकर कुछ उमड़ने लगा था...

रजुली चाय बनाने के लिए भीतर गयी थी तो उन्होंने हुलास में भरकर बिरजू की दोनों हथेलियों को अपनी मुट्ठी में जकड़ लिया था—

यदि हर घर में एक बिटिया रजुली बन जाये तो हमारे गाँव का सारा दुःख दलिद्दर भाग जाये, बिरजू भाई। सच, आज तुम्हारे मुँह से वह पुराना भजन सुनने का मन कर रहा है—सुनाओ न, अरे, वही—

मन लागो मेरो यार फकीरी में...।

रजुली चाय का गिलास थामे ओसारे में आती...इसके पहले बिरजू ने गमछे से रगड़कर अपनी आँखें सुखा डाली थी—

घर-गिरहस्ती की हालत आपके सामने उजागर है सुमेर भाई, राम को गये छह महीने से ऊपर हो रहा है, कोई अता-पता नहीं...इस लड़की ने इतनी

हिम्मत नहीं दिखायी होती तो हम तीनों प्राणी...

एक गहरी शिकायत सुमेर सिंघ के होंठों पर आते-आते दब गयी थी—

तुम लोगों ने भी मुझे बाहरी आदमी समझा, बिरजू भाई...। इतने दिनों से तुम्हारे सुख-दुःख की सच्ची साझेदारी पाने के लिए हमने जो लड़ाई लड़ी, वह बेकार चली गयी क्या?

खुशी से छलकती आँखों वाली रजुली ने सोचमग्न सुमेर सिंघ को जबरन अपनी ओर खींच लिया था—इस बार फगुआ में आपके खादी वाले कुरते पर हमारे हाथ की कसीदेकारी होगी, गुरु काकाजी...। बक्सर आइएगा तो रंगीन कुरते का कपड़ा...

जरूर...लेकिन एक वादा तुझे भी करना होगा राज, इस बार तू अपनी कमला मौसी के यहाँ जायेगी तो हम भी तुम्हारे साथ...

कैसा सयानापन उसके चेहरे पर उभर आया था—अगर कमला मौसी को कोई ऐतराज हुआ तो...नहीं काका गुरुजी, पहले हम उनसे पूछ लेंगे; तभी...

अरे पगली, तू क्या समझती है, बाबू बलिराम सिंघ की हवेली में जाने के लिए हमें तेरी कमला मौसी से 'परमिट' बनवाना होगा। बाबू साहेब खुद आकर बुला गये हैं—एक जरूरी काम है।

सुधीर का पत्र सुमेर सिंघ के नाम देखकर जियावन सिंघ मर्माहत खड़े रह गये थे। सुखराम डाकिये ने उनके मन की बात थाह ली थी क्या—

सोच मत करो हाकिम...जवान-जहान पूत आ गाछ-बिरिछ पर खोंता बनावे वाला पखेरू के सुभाव एके होला...फल के आस लगवले सुगा सेमर अगोरले सेमर उधिया गइले...आजु काल के सन्तान से आस कइसन...?

सेमल का फूल कौन था, कितनी उद्विग्नता से भरकर सुधीर ने अपना अन्तर्मन सुमेर सिंघ के सामने खोला था। यह सुमेर सिंघ किसी को समझा नहीं सकते थे—सुखराम डाकिये को भी नहीं। सायकिल की घंटी टुनटुनाता वह कितने व्यंग्य से उनके कानों के पास फुसफुसा गया था—

जियावन बाबू को बड़ा मलाल है—सुमेर बाबू, आपने लपककर उनके होनहार सपूत को अपनी झोली में डाल लिया। इसी को कहते हैं—हर्रे लगे न फिटकरी, रंग चढ़े चोखा।

जवार भर में नारद मुनि के नाम से प्रसिद्ध सुखराम डाकिये के स्वभाव से वे भली-भाँति परिचित थे...उन्होंने कोई जवाब दिये बिना पत्र ले लिया था और अपनी कोठरी में चले गये थे।

सुधीर ने सामान्य कुशल-मंगल के पश्चात् अपने मन को पूरी तरह उड़ेल दिया था—

काका जी, बाबूजी पैसे के जोर पर सब कुछ पा लेने का अहंकार सहेजते रहे...मैंने हर मुकाम पर उनकी नाकामयाबी देखी। आदमी अपनी ही नफरत के विषैले बीज मन में बोये, तो उसे सफलता की आशा करनी भी नहीं चाहिए। दूसरे के लिए पाप बुनो तो अपने हिस्से पुण्य आ ही नहीं सकता—मैंने अपनी सामर्थ्य के अनुसार बाबूजी को, अवधेश भइया को समझाने-बुझाने की कोशिश की, लेकिन दुर्भावना ही जिनकी एकमात्र पूँजी हो, वे सही सोच और सद्भाव का मोल आँकने से रहे! आपको तो यह भी मालूम नहीं होगा, अवधेश भइया के नाम पूर्णिया की पुलिस गैर-जमानती वारंट लेकर घूम रही है। बक्सर थाने को भी उनकी गिरफ्तारी की इत्तिला हो चुकी है। तस्करों के गिरोह में फूट पड़ गयी थी। सुखबीर वाले दल का एक आदमी आपसी अदावत में मारा गया। पुलिस ने अवधेश भइया के खिलाफ सारे सबूत जमा कर लिये हैं। अगर वे पकड़े गये तो...

काकाजी, मैं भइया की इस तबाही के लिए बाबूजी को जिम्मेदार मानता हूँ। उन्हीं की शह पाकर...उनकी ओर से रोक-टोक हुई होती तो आज ऐसी नौबत नहीं आती...।

सामने से बिरजू को आता हुआ देखकर सुमेर सिंघ ने चिट्ठी को धीरे से मोड़ कर कुरते की ऊपरी जेब में डाल दिया था—

क्या बात है सुमेर भाई, सुधीर बबुआ की चिट्ठी है क्या? सब कुशल-मंगल तो है न...?

उस दिन उन्होंने पहली बार बिरजू के सामने झूठ का सहारा लिया था—

कोई खारा बात नहीं है बिरजू भाई, बैठो, तुम्हारे लिए चाय बनाते हैं।

नहीं सुमेर भाई, हम तो यह कहने के लिए आये थे कि कल रजुली का बुलावा आया है—बाबू बलिराम सिंघ की हवेली से कहाव मिला था। कमला बीबीजी उससे मिलना चाहती हैं। न हो तो आप भी उसके साथ...

बाबू बलिराम सिंघ का नेह-भरा न्योता स्मरण करते हुए एक नयी सोच की परछाईं उनके चेहरे पर उभर आयी थी।

मोहनपुर करजा का सिवान पार करने की हिम्मत उनमें कभी नहीं हुई थी।

बरमपुर के मेले में सिन्दूरी सूरज के दहकाव से भरे जिस चेहरे को अपने मन की सात परतों में छिपाकर उन्होंने इतनी दूर का सफर तय किया था, काली किनारी वाली सफेद साड़ी में लिपटी योगिनी-सी वह मूर्ति उन्हें दिन-रात मथती रही थी, उसी के घर जाना उसे अपने ऐन सामने देखने का साहस जुटा पाना...क्या यह किसी तरह सम्भव हो सकता है?

रजुली के साथ बाबू बलिराम सिंघ की दालान के सामने खड़े हुए थे, तो मन का एक हिस्सा बार-बार पीछे लौट चलने की हिदायत देने लगा था—अब भी वक्त है सुमेर, यहाँ खड़े होने की जरूरत नहीं। हवेली की साँकल खुले, इसके पहले तुम लम्बे डग बढ़ाकर सिवान पार कर जाओ...तुमने सोचा भी है वह अचानक सामने आ जाएगी, तो तुम्हारी क्या दशा होगी? क्या तुम उसके रू-ब-रू खड़े होने की ताकत बटोर पाओगे? तुम्हारे पाँव जवाब देने लगें, तुम्हारी चेतना साथ छोड़ने लगे तो...

कहाँ...? कुछ भी तो नहीं हुआ था। काली किनारी वाली साड़ी का छोर माथे पर सहेजती हुई वह उनके ऐन सामने थी—

आइए, दालान में बैठिए। बाबूजी टहलते हुए खलिहान की ओर निकल गये हैं, अभी आते ही होंगे।

वह भीतर की ओर मुड़ने लगी थी तभी रजुली कैसा बचपना कर बैठी थी—आप यहीं बैठिए न मौसी, गुरु काकाजी से हमने शर्त लगायी थी कि आप...

आप इसकी बातों पर नहीं जाएँगी...। बड़ी बातूनी है हमारी रजुली बिटिया, बाल की खाल निकालने वाली...।

क्या उतनी ही सहजता से सुमेर सिंघ स्वयं हँस सकते थे—वैसी ही बेबाक हँसी...।

रजुली वास्तव में बड़ी समझदार है। क्यों न हो, जिनकी शिष्या है, उनका कुछ तो प्रभाव...अरे, आप आराम से बैठिए न....हम आपके लिए नाश्ते का प्रबन्ध...

वे टोकना चाहते थे—आप बेकार परेशान हो रही हैं। गाँव से चलने के पहले हम लोग...

मिठाइयों से भरी तश्तरी और चाय लेकर कमला थोड़ी देर में ही लौट आयी थी। उनका मन हुआ था, पूछ लें—सच, क्या तुम्हें पहले से पता था कि आज मैं तुम्हारे घर आने वाला हूँ...तभी तो ऐसी तैयारी...

वे जानते थे, अच्छी तरह समझ रहे थे, उनकी प्राणपण चेष्टा के बावजूद

बहुत पीछे छूट चुका वह अतीत पुरवाई के तेज झोंके की तरह बार-बार उनके और कमला के बीच में पसर जाना चाहता था। वह रजुली की कसीदाकारी को परखने में व्यस्त थी, सुमेर सिंघ की आँखें उसकी संजीदा भाव-भंगिमा को अपलक सहेजने के लिए किस कदर मोहासक्त हो उठी थीं—घनी बरौनियों वाली बड़ी-बड़ी पलकें झुकाकर कमला मन-ही-मन किसी गुणा-भाग की जटिलता सुलझा रही थी...

सुमेर, जिन्दगी के अंकगणित को अकेली हल करती यह तिरिया आज जितनी दूर निकल आयी है वहाँ, उस मुकाम पर तुम्हारी परछाईं का भी आभास उसे होता होगा क्या? फिर भी तुम...बरसों पुराने उस क्षणिक व्यामोह को अपनी पसलियों के बीच जिन्दा रखने की कोशिश में जुटे रहे हो, आखिर क्यों, किसलिए...? इसे मृगतृष्णा नहीं तो और क्या कहेंगे?

सामने पड़ी चाय ठंडी हो चुकी थी—कमला की आवाज सुनकर वे सहसा सचेत हुए थे—

अरे, मैं तो रजुली के मेहनताने का जोड़-घटाव करने में लगी हुई थी, आपकी चाय...रहने दीजिए...मैं दूसरी प्याली....

रजुली ने हँसकर उन्हें चिढ़ा दिया था—हमारे गुरु काकाजी पिछले जन्म में कोई पहुँचे हुए ऋषि-महर्षि रहे होंगे मौसीजी, ज़रा-सा मौका मिला नहीं और इनकी योग समाधि लग गयी...।

लीक से हटकर जिन्दगी जीनेवालों के हिस्से यही तो आता है राज, कहने-सुनने वाला कोई नहीं...अपने-आप से बातें नहीं करें, तो कहाँ जाएँ...।

आप भी मौसी, मेरे बाबूजी ठीक ही कहा करते हैं—अधिक विद्या बुद्धि किसी को हो जाय तो वह दुनिया की हद में नहीं रह पाता...मैं देख रही हूँ जैसे मेरे गुरु काकाजी, वैसी ही आप...दोनों की हर बात अजूबा है।

अच्छा, अब उठ भी राज, गाँव चलना है या सारी रात यहीं...ठाकुर साहब तो आये नहीं...हम लोगों को इजाजत...।

कमला उन्हें छोड़ने के लिए बाहरी ओसारे तक आयी थी...बाबूजी इतनी देर तो कभी नहीं किया करते, न जाने क्या बात हो गयी...आपके लौट जाने की खबर सुनकर उन्हें सचमुच अफसोस होगा।

मैं फिर चला आऊँगा...। आप उन्हें समझा देंगी कि...

तू कहे तो टमटम या रिक्शा पकड़ लें राज...कोस भर का रास्ता है—थकेगी तो...

नहीं, गुरु काकाजी...हम आपके साथ पैदल चलेंगे...। चाँदनी रात है—

घंटे भर में अपने गाँव पहुँच जाएँगे।

मोहनपुर करजा की घनी बँसवारी वाले सिवान को पार करते हुए सुमेर सिंघ का मौन एक गहरे अन्तर्निनाद से भर उठा था—

लीक से हटकर जिन्दगी जीने वालों के हिस्से यही तो आता है—कमला ने क्यों कहा था ऐसा? तो क्या उसके मन के किसी कोने में अब भी उनके लिए....?

रजुली ने कितनी गम्भीरता से बात उठायी थी—कमला मौसी आपकी बहुत तारीफ किया करती हैं, गुरु काकाजी!

मुझसे झूठ बोलती है छोकरी, आ इधर, तेरे कान उमेठने होंगे...।

नहीं, सच काकाजी, काली माई की सौगन्ध, एक दिन पूछ रही थी—तेरे गुरु काका निपट अकेले हैं—दिन-रात गाँव-जवार के लोगों की चिन्ता में मगन...कभी हारी-बीमारी हुई या जी उचाट हुआ तो क्या करते होंगे...?

हमने उन्हें तुरत जवाब दिया—काकाजी की चिन्ता गाँव का एक-एक आदमी करता है मौसी, मेरे बाबूजी तो सुबह-साँझ उन्हें देख नहीं लें तो किसी काम में जी नहीं लगा पाते...मेरी माई तो उन्हें इसुर महादेव कहा करती है और रही बात हारी-बीमारी की, तो मौसी, जब तक आपके इस राज का दानापानी दहिवर में है, तब तक काकाजी को दो रोटी के लिए किसी का मुँह नहीं जोहना होगा...

तूने उनसे इतनी बातें कर डालीं—फिर तो बाकी क्या रही पगली...बाहर वालों को अपने घर की बातें बतायी जाती हैं भला?

मैं सब जानती हूँ काकाजी, मौसी बाहर वाली नहीं हैं। बाबूजी ने मुझे सबकुछ बता दिया है। आप घर छोड़कर भागे नहीं होते तो वे आपकी....

अच्छा, चुप कर...।

नहीं काकाजी, आज मुझे कह लेने दीजिए...कमला मौसी का दुःख मेरे कलेजे में बिंधा हुआ है। आपकी राज इतनी छोटी नहीं रही कि उसे इन बातों की बिलकुल समझ नहीं हो...। एक दिन मैंने उनसे पूछा था—

बूढ़े मालिक आपकी चिन्ता में घुलते रहते हैं मौसी, उनके नहीं रहने के बाद....

जानते हैं, उन्होंने क्या जवाब दिया था—

अँधेरी रात में पुरानी नाव का अकेला खेवैया किसकी आस में पतवार थामे आगे बढ़ता जाता है? ध्रुवतारे की रोशनी उसे राह दिखा पाती हो या नहीं; लेकिन उसकी साँसों में एक तसल्ली जरूर होती है, ध्रुवतारा दूर सही, वह है तो। उसके निकट नहीं जाया जा सकता, लेकिन उसे दिशा सूचक मानकर भँवर

में उतरी हुई नाव को भी ठिकाने लगाने का अन्देशा तो पाला ही जा सकता है।

सुमेर सिंघ कुछ भी कहने-सुनने की स्थिति में नहीं रह गये थे—इतनी बड़ी आस्था...ऐसी अमृतोपम जिजीविषा...। पीड़ा के पैबन्दों से भरी हुई जिन्दगी को सहेजने का ऐसा अजूबा आधार...।

उनकी आँखें उबलते हुए मनस्ताप का पिघलापन सँजो सकने में असमर्थ हो चली थीं—

जिसे स्वयं अपनी जीवन-दिशा का कोई भी बोध नहीं हो, वह किसी और का दिशासूचक किस तरह बन सकता है, जिसकी आँखें सारे स्वप्न लुटाकर कोटर-सी रिक्त पड़ी हों, उनमें नयी रोशनी का एहसास...? न जाने क्यों, उन्हें लगा था, दहिवर के सिवान तक लालटेन हाथ में लिये वह छायामूर्ति उन्हें विदा देने के लिए आयी थी—

शास्त्रों के बन्धन से बड़ा भी कोई बन्धन हो सकता है या नहीं...? आपने तो बड़ी-बड़ी पोथियाँ पढ़ी हैं—एक बात बताइए...भीतर लहराता हुआ समुद्र हो और उसकी निकासी के सारे द्वार अवरुद्ध कर दिये जाएँ...। प्राणों की शिराओं में अनहद खिंचाव हो और लोक-मरजाद की दुहाई देती वर्जनाएँ अभेद्य शिखर बनकर सामने खड़ी हो जाएँ, तो निष्कृति किस रूप में होगी? बहती नदी के अन्तर्दाह को कितने लोग समझ पाते हैं, वह उन्मद नहीं हो सकती, इसीलिए न...तटबन्धों की अवहेलना उसे नहीं करनी है, फिर भी अपनी इच्छाओं के महाराग से जुड़कर जीवन जीने का अधिकार उसे है और इच्छाओं के विश्व में कहीं कोई द्वैत नहीं, कोई दूरत्व नहीं...।

सुमेर सिंघ का मन आकाश में उग आये थाली के आकार वाले चन्द्रमा की शुभ्रता का प्रतिद्वन्द्वी बन बैठा था। सूखे पत्तों की चरमराहट उनकी सोच में कहीं कोई व्याघात नहीं पहुँचा सकती थी। उस क्षण उनका पूरा वजूद एक अनुभव की शक्ल में ढल चुका था—अनोखे प्रत्यय की पुलक से भरा अनुभव...।

मन, जिस अनन्त गाथा को अभिनव चिन्तन का रूप देना चाहते थे, उसे गढ़नेवाले शिल्पी केवल तुम्हीं नहीं....कोई और भी है, जिसने एक मुहूर्त को पूरे जीवन का पर्याय मानने की साधना की है। यह अग्नि-स्नान पूरा होगा...निस्सन्देह हवन-कुंड में दहकने वाली निर्धूम समिधाएँ स्वर्णाभा बनकर निखरेंगी। दुःख से भीगी यह काली कामरी सुख की हल्की-सी प्रतीति मात्र से ओढ़ने योग्य बन सकती है—सुमेर, आज तुमने कितनी बड़ी सिद्धि पायी है—सचमुच कितनी बड़ी...।

सुधीर अपनी अन्तिम परीक्षा देकर गाँव वापस लौट आया था...। उसने सुमेर सिंघ और कमला से परामर्श लेकर सुनिश्चित किया था—गुरु काका की रात्रि पाठशाला का विस्तार किया जाएगा। शिवाले के सामने वाली आम की बगीची में कच्चे गिलावे की दीवारों पर खपरैल की छत डालकर विद्यालय की नयी इमारत बनाई जाएगी...।

सुमेर सिंघ गहरे असमंजस में पड़े थे— तुम्हारी यह योजना अच्छी है, इसमें कोई सन्देह नहीं, लेकिन बचवा, इसके लिए खरच-बरच...। तुम तो जानते हो, हमारे पाले कुछ भी नहीं है।

बाबू बलिराम सिंघ ने पेशकश की थी—इतने बड़े पुन्न कारज के लिए हम अपनी ओर से कुछ देना चाहते हैं। सुमेर, तुम इसे गुप्तदान समझकर स्वीकारो और काम आगे बढ़ाओ...।

सुधीर ने अकेले में अपने काकाजी को बताया था—मन्त्री जी का बेटा उनका सहपाठी है—वे अनुदान राशि दिलवाने के लिए सहमत हो गये हैं। चुनाव नजदीक है। वैसे भी वे चाहते हैं कि गाँव के विकास के लिए हर सम्भव उपाय किये जाएँ...ताकि...।

तुम यहाँ के प्रखंड विकास अधिकारी को नहीं जानते बचवा, नम्बरी घाघ है। यदि उसने कोई दाँव-पेंच...।

आप परेशान मत हों काकाजी, मुझे अभी कहीं नहीं जाना है, मैं यहीं रहूँगा—आपके साथ...दौड़-धूप की सारी जिम्मेवारी मेरी...

कमला मौसी ने वादा किया है—वे हफ्ते में दो दिन मोहनपुर करजा से यहाँ आएँगी। गाँव भर की बच्चियों को बटोरकर हस्तशिल्प का प्रशिक्षण देने का काम सँभालने के लिए वे तैयार हैं। राज उनके साथ-साथ रहेगी...।

दहिवर उच्च विद्यालय का निर्माण कार्य प्रगति पर था। राज और कमला ने घर-घर जाकर लड़कियों और उनके अभिभावकों को समझाने-बुझाने का अभियान शुरू किया था—सबसे बड़ा विरोध बड़का टोले की ओर से हुआ था—

कवन जमाना आ गइल—

बाभन बिसुन के धिया-पूता डोम-दुसाध के साथे बइठो—एके पाटी, एके पोथी...खान-पियन सब एके, अइसन...

फउजी सुमेर सिंघ के मति फिर गइल बा..फउज में रहि के जात-धरम

गँवा अइलन त बूझताड़न कि...

आ बाबू बलिराम सिंघ के अक्किल पर परवान परि गइल बा का? उनकर बेटिया के देख लोगनि। काँरवा सूती साड़ी पहिन के मुँह उघरले घरे-घरे डोलत बिया।

राम कह बहिनी, विधवा हो के अइसन चोटी-पाटी, आ अइसन सिंगार...।

जियावन सिंघ ने सुधीर को आड़े हाथों लिया था—

पाँच बरिस तक तुम्हारी डागदरी का सारा खरच उठाते रहे, क्या इसलिए कि तुम महात्मा गाँधी के औतार बनकर ग्राम-सुधार के फेर में सारा घर लुटाने लगो...। आज अवधेश यहाँ होता तो...

सुधीर की जबान पर जीवन में पहली बार पिता के लिए कड़वे शब्द आये थे—

आपकी झूठी महत्त्वाकांक्षा ने अवधेश भइया की जिन्दगी बरबाद कर दी, बाबूजी...। नक्सलियों की जमात में इधर-से-उधर भटकते, पुलिस से अपना बचाव करते आज वे कहाँ किस हाल में होंगे, इसका पता है आपको? उनके हर अनर्गल काम को प्रोत्साहन देते गये, कभी आपने यह भी सोचा कि उनका भविष्य क्या होगा?

जियावन सिंघ दन्त-नख गलित बूढ़े व्याघ्र की तरह दहाड़ उठे थे—तुम्हारी इतनी हिम्मत? मेरा औरस होकर मुझी को उचित-अनुचित का पाठ पढ़ाने चला है...। हम सब समझते हैं—यह तुम्हारी बोली नहीं, सुमेर की बोली है—उस ढोंगी ने तुम्हें सिखा-पढ़ाकर...वह मेरा भाई नहीं, दुश्मन है। इससे तो बेहतर था कि वह बोर्डर पर ही काम आ गया होता...।

सुधीर बगैर कुछ कहे अपने कपड़े समेटने लगा था— बालापुर वाली रो पड़ी थीं— इस भुतहा हवेली में हमको अकेली छोड़कर जा रहे हो, बबुआ...। इनके सुभाव को तो तुम अच्छी तरह जानते हो...। चुनाव की हार और डकैती से हुए भारी नुकसान को तो दम साधकर झेल गये थे लेकिन बड़कू के चले जाने का सदमा इनसे बर्दाश्त नहीं हो सका है। तुम तो पटना में रहकर अपनी पढ़ाई कर रहे थे बचवा, तुम्हें क्या पता— रात-रात भर दोहर से मुँह ढँककर बालक की तरह विलाप करते रहते थे— हमारी हिम्मत नहीं पड़ती थी, क्या कहकर ढाढ़स बँधाते...। एक तुम्हारा आसरा था। ऐसा मत करो बबुआ...तुम्हें इस दुखियारी माँ की सौगन्ध, बाप-महतारी कितने भी पतित हों, बेटा उनसे बदला लेने चले, यह धरम नहीं है।

बरसती हुई आँखों वाली माँ को सामने पाकर सुधीर एकबारगी नरम पड़

गया था—

तुम्हारे लिए ही मैंने गाँव छोड़कर कहीं जाने का निश्चय किया है माँ, सिर्फ तुम्हारे लिए...। इतना कुछ भुगतने के बाद भी बाबूजी की आँख नहीं खुल रही। वे बड़े काकाजी के लिए गलत जबान का इस्तेमाल करते हैं। सच, बड़े काकाजी की जगह कोई दूसरा होता तो दुबारा इस घर की ओर मुँह नहीं करता।

ओसारे की ओट में खड़े जियावन सिंघ बेटे की बातें सुनकर दुबारा बिफर उठे थे—बालापुर वाली, इसे रोकने की जरूरत नहीं...जाये जहन्नुम में...। हम सन्तोष कर लेंगे कि हमारे कोई सन्तान हुई ही नहीं।

सुमेर सिंघ गहरी कचोट से भर उठे थे—जियावन की समझ का फेर है बचवाऽ। इतना बड़ा सदमा वह नहीं झेल सकेगा। बड़ा भाई होने के नाते मेरा फर्ज बनता है कि मैं उसे...

सुधीर ने उनकी बात काट दी थी—आँख रहते हुए अन्धापन साधने का कोई इलाज नहीं हो सकता, काकाजी...। अक्खड़पन बाबूजी के स्वभाव में है। वे मुझे डाँट-फटकार देते, यहाँ तक तो ठीक था लेकिन उन्होंने आपके लिए बुरे शब्द कहे...दरअसल, हारे हुए जुआरी की तरह उनकी अनास्था उन्हें गलत सोच की अन्धी सुरंगों की ओर खींचती चली जा रही है। उनके साथ रहकर उनकी अनर्गलता को झेलने का अर्थ होगा—उनकी अहम्मन्यता को और अधिक प्रश्रय देना...। आप दु:खी मत हों काकाजी, समझ-बूझकर रोग को नेवता देने वाले रोगी किसी भी उपचार से परे हुआ करते हैं। आप उन्हें समझाने जायें और दुबारा आपका अपमान हो, ऐसा मैं हरगिज उचित नहीं मानूँगा।

कमला और रजुली के प्रयास से बड़का टोले की पाँच, हरवाह टोले की सात और नान्ह टोले की चार लड़कियाँ दहिवर विद्यालय की नियमित छात्राएँ बनी थीं। बाबू बलिराम सिंघ की अध्यक्षता में मोहनपुर करजा, दहिवर, चुरामन पुर और बालापुर के ग्यारह लोगों की एक समिति गठित हुई थी। विद्यालय की व्यवस्था, वित्तीय सहायता, बच्चों की पढ़ाई-लिखाई से सम्बन्धित सभी समस्याएँ। सुमेर सिंघ को प्रधानाध्यापक नियुक्त किये जाने का प्रस्ताव बाबू बलिराम सिंघ की ओर से आया था—सभी सदस्यों ने समवेत सहमति के साथ करतल ध्वनि की थी—

सुमेर, गाँव-जवार के पंच आज एक बड़ी जिम्मेवारी तुम्हें सौंप रहे हैं। इनके विश्वास की रक्षा तुम करोगे, इनके बाल-बच्चों को तुम्हारा उचित मार्ग-दर्शन मिलेगा, इसी उम्मीद के साथ हम तुम्हें आशीर्वाद देते हैं, बचवाऽ।

अपनी बात कहने के लिए उठे थे तो सुमेर सिंघ का गला भर आया था—

ठाकुर साहेब और पंच भाइयो...। आज से दस बरस पहले यह फौजी अपने गाँव की माटी से दुबारा जुड़ने की ललक लेकर लौट था, तो यही एक सपना इसकी आँखों में था। कुनबों में बँटी हुई, टोलों में सिमटी हुई जिन्दगी को खुले आकाश का विस्तार देने की ललक— खेत की मेड़ों की तरह बँधे हुए दकियानूसी विचारों की तहें तोड़कर मन की चौरस धरती पर भाईचारे की फसल उगाने की ललक...। मेरा दुर्भाग्य था कि मेरी उस साध को पहली ठोकर पुश्तैनी घर की चौखट पर ही लगी थी और मैंने समझ लिया था कि सुदूर बियाबान में रहकर सपने सँजोने और हकीकत की धरती पर उन्हें उतार लाने में बहुत बड़ा अन्तराल होता है। फिर भी मैं डटा रहा। सीमा पर अकेले जूझते सिपाही की तरह मैंने हर विरोधी बयार का मुकाबला किया। मुझे प्रसन्नता है कि गाँव की रगों में नयी पीढ़ी के स्वस्थ रक्त के बहाव की गुंजाइश हुई है। मैं आप लोगों के सामने अपने पुराने संकल्प को दोहराना चाहता हूँ...बनिहार टोले के बिरजू भाई हों या बाभन टोले के नगीना पंडित जी....इनकी अगली जमात सारा बैर भुलाकर खुशहाली का नया पाठ पढ़ेगी, तभी इस विद्यालय का सही उद्देश्य पूरा हो सकेगा।

वह पहली रात थी, जब सुमेर सिंघ अपनी मामूली दीवारों वाली खपरैल के नीचे अकेले नहीं थे। सुधीर के स्वागत में सुस्वादु भोजन बनाने की चिन्ता लिये ओसारे से आँगन तक बेमतलब डोलते अपने काकाजी को सुधीर ने ऐन वक्त पर टोक दिया था—रसोई में तरकारी नहीं है, आप यही सोच-सोचकर परेशान हो रहे हैं न, काकाजी! मैंने यहाँ आकर आपका कष्ट और बढ़ा दिया।

अरे नहीं पगले, तू यह सब क्या सोचने लगा। दरअसल भूल मेरी ही थी। पहले पता होता कि बैठक इतनी लम्बी खिंचेगी तो बिरजू को बक्सर भेजकर हरी तरकारी का इन्तजाम...खैर, कोई-न-कोई उपाय तो हो ही जाएगा। तू आराम कर...मैं अभी आया...।

आपको कहीं भी जाने की जरूरत नहीं है, काकाजी। मैंने प्रबन्ध कर लिया है। बटुए में चावल है और छोटे वाले कनस्तर में मूँग की दाल...। आपके खादी के थैले में आलू रखे हुए हैं। आप हाथ-मुँह धोकर आ जाइये—तब तक मैं खिचड़ी...

उन्होंने रोकना चाहा था—अपने इस काका की रुखी-सूखी गृहस्थी में तुम्हारी मेहमाननवाजी का पहला दिन है सुधीर और तुम...

उनकी आँखों की कोर भीग गयी थी।

आप मुझे मेहमान समझ रहे हैं काकाजी, यह क्यों नहीं कहते कि मैं आप

ही के रक्त-मांस का बना, आपके सोच के साँचे में ढला, आपका ही प्रतिरूप होना चाहता हूँ। आपकी ममता का एक अंश भी मुझे मिल जाये तो...

सुमेर सिंघ के पैरों में जैसे किसी ने दुगुनी शक्ति का संचार कर दिया हो— तुम्हें पाकर मेरी आशाएँ फिर से परवान चढ़ने लगी हैं बेटे, फिर भी मेरा मन न जाने क्यों, रह-रहकर आशंकित हो रहा है...जियावन...

आप बाबूजी की ओर से निश्चिन्त रहें काका जी, मेरे घर छोड़कर चले आने का विशेष मलाल उन्हें नहीं होगा। मेरे विचार उनसे कभी तालमेल नहीं बिठा पाये न, इसीलिए...अलबत्ता अवधेश भइया के चले जाने का सदमा उनके मन से शायद ही कभी निकल पाये। अवधेश भइया बाबूजी की दुराकांक्षाओं के सबसे बड़े पोषक थे न, इसीलिए...आपको शायद मालूम नहीं, बिरजू को बनिहारी से अलग करने के पीछे अवधेश भइया का ही षड्यन्त्र था। वे राज को अपनी बदनीयती का...

किसकी बदनीयती की बात हो रही है, बचवाऽ।

आओ बिरजू भाई, आओ। लम्बी उमर होगी...अभी सुधीर तुम्हारी ही चर्चा...

और मेरी नहीं...?

अरे रजुली, राज बिटिया, तू भी...।

हमें पता था गुरु काका। आप हर किसी के सामने हमारी ढेर सारी बुराइयों का कच्चा-चिट्ठा खोल बैठते हैं। आते-आते हमने सुन ही तो लिया। अच्छा बताइए तो हमारी किस बदनीयती की चर्चा...

सुधीर ने पतीले के गर्म पानी में चावल-दाल डालते हुए पीढ़ी आगे बढ़ा दी थी—वह कहावत आपको याद है न काका, शैतान का नाम लो और शैतान हाजिर...। आओ राज, इस पीढ़ी पर विराजमान हो जाओ...।

नहीं, पहले आप चूल्हे के पास से हटिए...वह जगह हमारी है।

अरे, लेकिन मैं तो...

लेकिन-वेकिन कुछ भी नहीं...। गुरु काका जी, आप सच-सच बताइए तो...उस जगह पर हमारा पुराना हक है या नहीं...?

सुमेर सिंघ खुली हँसी हँस पड़े थे—सुधीर, तुम इधर आ जाओ बेटे, तुम्हें शायद पता नहीं...हमारी यह रजुली आफत की परकाला है— जो इसके मन में आ जाए वही करके रहेगी। किसी की कोई बात इसके कानों में ठहर तो जाय...।

बिरजू के हाथ की पोटली छीनकर सुधीर ने उसे आनन-फानन में खोल डाला था—अरे वाह, आलू और सेम की सरसों वाली सब्जी...और साथ में दही

भी...अब तो खाने का स्वाद दुगुना हो जाएगा...क्यों काका जी...

रात को चारपाइयाँ आस-पास बिछाकर दोनों लेटने चले तो सुधीर ने तनिक सकुचाते हुए कहा था—आपकी नींद में बाधा तो नहीं पड़ेगी काका जी....? मुझे रात में देर तक जगने की आदत है।

तकिये पर कोहनी टिकाये, हथेली पर दाहिनी कनपटी का भार दिये सुमेर सिंघ कैसे विस्मय-सुख से भतीजे की ओर देखते रह गये थे—हू-ब-हू उन्हीं का सुभाव, वैसी ही आदतें...। नये-नये फौज में भरती हुए थे तो दिन भर की कवायद से चूर होने के बावजूद नींद उनसे रूठकर न जाने कहाँ चली जाती थी। गाँव के सारे चेहरे अँधेरी बैरक के गलियारे में अनायास चहलकदमी करने लगते थे। सबसे उदास चेहरा उनकी माँ का होता—

तहार मन कइसे लागत बा बचवाऽ, महतारी के दुलार छोड़ के एतना दूर, अइसन बियाबान में....

बिजली की कौंध की तरह उनके भीतर कुछ सुलग उठा था, छोटे थे तो कितनी मान-मनौवल करवाया करते थे। पाँचवीं कक्षा में पढ़ने वाले सुमेर का बाल हठ अपने स्थान पर ज्यों-का-त्यों था। अम्मा पुआल की ढेरी से, बँसवारी की ओट से, सुकुल आम वाले पेड़ की घनी डालियों से उन्हें खींचकर निकाल लिया करती थीं— थोड़ी-सी ताड़ना और ढेर सारा लाड़-प्यार...।

हम कहे देते हैं— यह सुबह-शाम दूध का कटोरा हमसे नहीं सधने का...।

गोरस ना पियबत देह ना सुधरी बबुआ...इ उमिर तहार बाढ़ के बाऽ काया कमजोर रही त दिमाग साथ कइसे दीही...

और फिर शुरू होता—मोल-मोलाई का उनका सिलसिला।

पहिले दूध...

नहीं, पहले सारंगा सदाबृज की, सात भाइयों वाली राजकुमारी की, हिरामन सुग्गा और रुनिया की कहानी...

उनकी आँखों के आस-पास माँ की आँखें उग आयी थीं क्या?

सुधीर लालटेन की रोशनी में सिर झुकाये अपनी पीली जिल्द वाली डायरी के साथ व्यस्त था और वे उसे अपलक निहारते जा रहे थे।

क्या बात है काकाजी, रोशनी आपकी आँखों में चुभ रही है न...अच्छा, लीजिए आज का काम हम भी यहीं समाप्त किये देते हैं।

मैं सोच रहा था सुधीर, बालापुर वाली का मन तुम्हारे लिए किस कदर दहकता होगा। माँ ठहरी न...उसकी पीड़ा...

सुधीर की अन्यमनस्कता उनसे छिपी नहीं रह सकी थी—अम्मा का पूरा जीवन दु:ख झेलते बीता है, काकाजी...। मुझे केवल उसी की चिन्ता रहती है—लेकिन बाबूजी...।

सुमेर अच्छी तरह जानते थे—जियावन ने कभी भी बालापुर वाली की सुख-सुविधाओं की बात नहीं सोची। नदी के ऊबड़-खाबड़, पथरीले किनारे की तरह गृहस्थी की ऊँच-नीच झेलती वह जीवन भर अलग-थलग पड़ी रही और ज़ियावन अपनी महत्त्वाकांक्षाओं के बहाव में उमगते रहे...। उनकी माँ के साथ तो ऐसी त्रासदी नहीं घटी थी—इसका भी एक कारण था...। उनके पिता की चौड़ी-चकली पहलवानी काया में एक बाल-मन छिपा हुआ था। तीसी के फूलों-सा नरम, मकई के कच्चे रेशों की तरह हल्के रेशमी स्वभाव वाले उनके बाबूजी...हमेशा कहा करते थे—

घर-गृहस्थी की बरकत चाहते हो, तो तिरिया-जात को मान देना सीखो, हाड़-मांस की बनी औरत की देह कोल्हू के बैल की तरह मरद-मानुष का जनम-जन्मान्तर खेपने के लिए ही नहीं होती— उसकी आत्मा की परख का भी कोई मोल होना चाहिए— उसकी आँखों में उगने वाले सपने सच की जमीन तलाशते होंगे...कोमल बात-व्यवहार का सिरहाना मिले तो तिरिया का वजूद पिछुआरे की बँधी हुई तलैया-सा कभी नहीं रहेगा।

सोये हुए सुधीर को चादर ओढ़ाकर अपने बिछावन पर लेटने चले तो उनकी आँखें सिवान के उस पार मोहनपुर करजा की दालान में मोढ़े पर बैठी कमला की झुकी हुई आँखों का संग-साथ ढूँढ़ने के लिए विकल हो उठी थीं—

काशी के श्री मानस मन्दिर की अशोक वाटिका में बैठी जानकी जी की संगमरमरी मूरत का ध्यान करके वे सिहर उठे थे—

पन्द्रह बरिस की बालिका का ब्याह कैसा और विदाई कैसी...? तीस बरिस से ऊपर हुए मेरी कमला की खनखनाती हँसी को ग्रहन लगे हुए...। सुमेर बेटे, कर्तव्य की वेदी पर अपने को समिधा बनाकर समर्पित कर देनेवाली ऐसी योगिनी-सी धिया का पिता हूँ—इस बात का गर्व तो मुझे है लेकिन बाढ़ की हहराती हुई गंगाजी जैसा एक उफान मेरी आत्मा में हर घड़ी हाहाकार मचाता रहता है। मेरी थकी हुई साँसें चुक जाएँगी...तब मेरी कमला का क्या होगा?

कोठरी के उस नीम अँधेरे में भी गहन सोच में डूबा बाबू बलिराम सिंघ का झुर्रियों से भरा चेहरा उनके सामने था।

एक सम्बोधन उमड़ता हुआ उनके कंठ के आस-पास ठिठक गया था। बाबूजी, दु:ख की चूनर में आशाओं के सितारे टाँककर यह रात ढलती है या

नहीं? जो अगेही होते हैं, उन्हें भी विश्वास के योग्य समझा जाना चाहिए। मन जब बेहद क्लान्त हो जाता है तभी लोकोत्तर सम्बन्धों का सत्य एक नयी स्फूर्ति बनकर उसके ऐन सामने आ खड़ा होता है। ठीक है, प्रपंचों की प्रताड़ना से जूझते हुए जीवन को सहसा किसी पर प्रतीति नहीं हो सकती। आप मानें या नहीं मानें, लेकिन दृश्य-जगत् की इन सभी सीमाओं से परे सँकरी गुफाओं वाली चेतना के गर्भ-गृह में सम्बन्धों की जो अलौकिक अवधारणा पलती रहती है, उसे चुनौती देने का, उसे निरस्त करने का दुस्साहस आपका यह रूढ़ समाज करना चाहे भी तो उसे पीछे हटना होगा।

वे जानते थे— अनगिनत वर्जनाओं से घिरे हुए बाबू बलिराम सिंघ की परम्परा-बुद्धि उनके शब्दों को एक झटके में परे हटा देगी। वे कहेंगे—

हमारे गाँव-जवार की अपनी रीति-नीति है। पुश्तैनी संस्कारों की मरजाद टालने का साहस किसी में नहीं है, सुमेर! इतनी सम्पन्नता के बावजूद मुझमें भी नहीं। कमला अपने पैरों पर खड़ी है— बाहर-भीतर जाती-आती है, गाँव के लोगों की झूठी-सच्ची बतकही के लिए यही आधार क्या कम है?

पाठशाला की छुट्टी के बाद कमला अकेली अपने गाँव की ओर लौट रही थी, तब उन्होंने संकोचवश प्रस्ताव रखा था। जाड़े की साँझ को रात में ढलते देर नहीं लगती। आज बाबूसाहेब भी नहीं आये...आप कहें तो मैं...!

कितनी दूर तक दोनों साथ-साथ चलते गये थे। संवादहीनता की उस दशा में भी कमला की साँसें क्या किसी अप्रतिम सत्य की प्रतिध्वनि नहीं दे रही थीं।

हर साँझ वर्तिका की तरह सुलगने वाली इन साँसों में प्रतीक्षा का एक महाराग गुँथा हुआ है—क्या तुम उसे सुन पा रहे हो?

भीगी हुई दूब की नमी मेरी आत्मा की निधि बन चुकी है। यन्त्रणा के दुस्सह आवर्त में जकड़ी इस जिन्दगी को खुलकर अपनी बात कहने की मोहलत नहीं...फिर भी मैं कहना चाहता हूँ— मेरी संज्ञा रक्षा-कवच बनकर एक संकल्प लेना चाहती है। लौकिक अनुबन्धों से परे शाश्वत अनुराग के ऊँचे सोपान पर सधे हुए डग भरता मैं तुम्हारे साथ-साथ चलना चाहता हूँ— बोलो, मेरी प्रतीति करोगी?

किसी ने किसी से कुछ भी तो नहीं कहा था— अपने अहाते के सामने वह एक क्षण के लिए ठिठकी अवश्य थी...।

भीतर तो आते...

उसकी आँखों ने कोमल मनुहार दी थी—

नहीं आज नहीं, फिर कभी...।

उन्होंने सिर हिलाकर जवाब दिया था...।

फौजी जिन्दगी में कृपाल सिंघ और दूसरे मित्र अपने घर-बार की स्मृतियों के कोमल रेशे गूँथने बैठते तो सुमेर सिंघ उन्हें चिढ़ाया करते थे—मरद-मानुष होकर ऐसी कमजोरी...। घर...घर...। अरे, कृपाल, दिन भर ड्यूटी करनी है कि नहीं...। खुद भी जगोगे और हमारी नींद भी खराब करोगे। विश्वनाथ ने मजाक के सुर में अपने बिस्तर पर लेटे-लेटे चुटकी ली थी— और कृपाल, आ तुझे, नींद आने का एक अच्छा-खासा नुस्खा बता दें— तू आँखें बन्द करके अपनी सरदारनी की सूरत याद कर और उसके नाम का जप करता जा...देखना, नींद कमबख्त की क्या मजाल जो वह...।

उनका पूरा वजूद अजपा जप की भंगिमा में ढलता चला गया था—नींद की गहरी गुफाओं में उतरते हुए विश्वनाथ का वह पुराना टोटका उनके साथ था— कमला...कमला...।

विद्यालय चल निकला था। सुधीर ने एक और बड़ा काम किया था। अपने सुमेर काकाजी की कोठरी के आगे बाँस की छप्परबन्दी बनाकर उसने एक छोटा-सा कार्यालय बना लिया था— छोटी-छोटी तीन-चार मेजें, ज्वर-खाँसी, सर्दी, पेट-दर्द जैसी बीमारियों के लिए आवश्यक दवाइयाँ, अखबार और पत्र-पत्रिकाएँ, एक कोने में खेल-कूद की वस्तुएँ, फुटबाल, जाली...बल्ले...कैरमबोर्ड आदि।

कमला ने विनोद किया था— तुमने इस कोठरी का कायाकल्प कर डाला सुधीर— चलो अच्छा हुआ, तुम्हारे काकाजी का संन्यास तो खंडित हुआ...। गाँव-जवार के बच्चों की आवाजाही से अब यह घर गुलजार हुआ है।

विद्यालय की पहली खेप के लड़के-लड़कियाँ मैट्रिक के इम्तिहान की तैयारी में व्यस्त थे। सुधीर ने बिरजू को समझा-बुझाकर राजी किया था—राजमती की इच्छा है तो आप रोक-टोक नहीं करें काका, इस इम्तिहान में पास हो जाएगी, तो प्रशिक्षण ले लेने के बाद अपने ही विद्यालय में उसकी नौकरी पक्की...।

रजुली की माँ ने घूँघट की ओट में दबी मनाही की थी—धिया जात चार आखर पढ़ि गइल, इहे बहुत बा बबुआऽ। ऊँच बिरादरी के बात-विचार दोसर बा...। बौना आसमान छुए के सपना नाहिए देखे त उचित बा।

अपनी किताबें समेटती रजुली के पाँव चौखट पर बँधकर रह गये थे— बहुत भइल पढ़ाई। जा के भात पकावे के तइयारी कर, रजुली...। हमनी के बिरादरी में कवनो धिया कागज-कलम लेके साहेब-सूबा बने के सपना नइखे देखले...दुनिया ऊपर एगो तू ही नइखू भइल...।

सुमेर सिंघ के समझाने-बुझाने का कोई असर बिरजू की पत्नी पर नहीं हुआ था—

पहिले हम माटी में रह के सुरग के आस लगवले रहीं, अब बुझाता भाईजी, हमार सोच निराधार रहे, रउआ सभे के ई चिन्ता नइखे कि रजुली के घर-बार बसे...आजु हमार राम बबुआ रहिते त ऽ...।

सिसकती हुई माँ को अँकवार में बाँधकर रजुली घर के भीतर जाने लगी थी तो उसने स्पष्ट देखा था— गुरु काकाजी की पलकें भीग गयी थीं।

राम मेरा सबसे प्रिय था, सुधीर...। कहाँ चला गया, कम-से-कम मुझे तो सूचना दी होती उसने...। सच, बिरजू और उसकी पत्नी जिस कचोट को दबा कर दिन काट रहे हैं, उसका पूरा अन्दाजा मुझे है।

कमला ने रजुली की माँ को भली-भाँति समझाने की कोशिश की थी—

जमाना बहुत तेजी से बदल रहा है दीदी...रजुली इतनी हुनरमन्द, इतनी तीव्र बुद्धि की है। उसका कसूर केवल इतना ही है न कि उसने बनिहार टोले में जन्म लिया है, आपको उसके ब्याह की चिन्ता है। ठीक है, होनी भी चाहिए। हर माँ की तरह आपका यह सोचना कतई अनुचित नहीं लेकिन दीदी, उसकी प्रतिभा को इस घर की चौखट में जकड़कर रखना भी तो उचित नहीं...मान लीजिए, वह आपके राम की जगह होती तब भी क्या आप उस पर रोक लगाकर रखतीं...?

बड़ी मुश्किल से रजुली की माँ ने हामी भरी थी— कमला बबुनी, तहार अधिकार बा ऽ, रजुली तहार बेटी बराबर बिया...बाकी दोसरा सहर में दस दिन रहे के पड़ी, के सँगे जाई?

कमला ने मुस्कराते हुए आश्वस्त किया था— तुम एकदम निश्चिन्त रहो दीदी...गाँव की दस लड़कियाँ जा रही हैं— मैं उनके साथ रहूँगी...सबकी जिम्मेदारी मुझ पर...

आरा का राजकीय बालिका विद्यालय परीक्षा केन्द्र घोषित हुआ था। बाबू बलिराम सिंघ ने सारा प्रबन्ध कर दिया था— उनके पुराने मित्र दयाल जी की कोठी में लड़कियों के ठहरने का प्रबन्ध था। सुधीर लड़कों के साथ मैना सुन्दरी धर्मशाला के तीन कमरों में टिका हुआ था।

जैन स्कूल के मुख्य द्वार पर लड़कों को पहुँचाकर वह कमला की खोज-खबर लेने के लिए रमना मैदान की ओर मुड़ा था, तभी एक जीप उसके पास से सर्राती हुई गुजर गयी थी। क्या उसकी आँखों ने गलत देखा था—

जीप चालक की बगल में बेतरह बढ़ी हुई दाढ़ी-मूँछों वाला वह चेहरा क्या उसके भाई अवधेश का नहीं था और जीप के पीछे लदे हुए वे वहशी चेहरे...? उसे लगा था— अवधेश ने जीप चालक को इशारे से कुछ कहा था— हल्के झटके के साथ जीप थोड़ी दूर तक धीमी होती चली गयी थी— लेकिन वे लोग रुके नहीं थे...।

किसी नये अनिष्ट की आशंका से सुधीर एकबारगी अशान्त हो उठा था। कमला मौसी को खबर दे— या दो घंटे के लिए गाँव जाकर काकाजी को आगाह करता आये...। कहीं ऐसा नहीं हो कि अवधेश और उसके दल की किसी नयी साजिश का कुपरिणाम...।

कमला ने उसे आश्वस्त करना चाहा था—तुम्हारे पिता के पुराने अदावती बालापुर के सरपंच शिवसुन्दर बाबू इस दुनिया में रहे नहीं...। तुम्हारे काकाजी का बाल-बाँका कर सके, इतना साहस अवधेश में नहीं है। तुम निश्चिन्त होकर लड़कों की मदद करो सुधीर, अवधेश की जिन्दगी अब एक बवंडर की शक्ल ले चुकी है, वह गाँव से दूर जा चुका है। विनाश के रास्ते पर भटक जाने के बाद अब वह क्या लेने के लिए लौटेगा...बताओ तो...?

सुधीर चाहते हुए भी अपनी कमला मौसी के निश्छल विश्वास को कुरेदने का साहस नहीं जुटा पाया था— अवधेश मेरा भाई है, मैं उसे आपसे अच्छी तरह परख चुका हूँ, मौसी...। आपके पिता ने सुजाता का ब्याह उजियार के धनाढ्य ठाकुर परिवार में कर दिया। उन्होंने अवधेश को अपना नातिन-दामाद कबूलने से खुला इनकार किया— अपमान की यह विषैली आग उसके कलेजे से शायद कभी नहीं बुझेगी...। आप नहीं जानतीं कि उसकी निर्ममता किस हद तक प्रतिशोध...

कमला ने उसे पेसोपेश में पड़ा देखकर एक युक्ति निकाली थी— अच्छा, ऐसा करो...। कल परीक्षा नहीं है। तुम गाँव चले जाओ...सबकी खोज-खबर लेकर साँझ से पहले लौट आओगे तो मुझे भी तसल्ली हो जाएगी। अपने काकाजी को कहना— जब तक तुम लौटकर नहीं जाते, वे बिरजू को अपने साथ सुला लिया करेंगे। और मेरे बाबूजी को आगाह कर देना— वैसे मैं निश्चिन्त हूँ...तुम तो खामखाह...।

सुधीर की आशंका निर्मूल नहीं थी। उसके गाँव पहुँचने से पहले अनर्थ घट चुका था। बाबू बलिराम सिंघ पर देशी तमंचे और भुजाली से वार किया गया

था। नकाबपोश लुटेरों से जूझते हुए उन्होंने अवधेश को बखूबी पहचान लिया था। सहार के ईसुर साव, रंगीला चौधरी, चुरामनपुर का हरिया अहीर पकड़े गये थे। अवधेश का अता-पता लगाने के लिए थानेदार ने पूरे हल्के में सिपाही दौड़ा दिये थे।

खून से लथपथ बलिराम सिंघ को बड़ी गम्भीर अवस्था में पटना पहुँचाया गया था। तनिक होश आते ही उन्होंने कमला की रट लगा दी थी। सुधीर और कमला रात वाली गाड़ी से पटना पहुँच चुके थे...। कभी विचलित नहीं होने वाली कमला पिता की नाजुक स्थिति को भाँपकर भीतर-ही-भीतर हिल गयी थी। जी-जान से पिता की तीमारदारी में व्यस्त सुमेर सिंघ के सामने वह स्वयं को रोक नहीं पायी थी—

अरे, आप इस तरह कातर हो उठेंगी, तो बाबू साहब के मन पर क्या बीतेगी? यह समय अपने-आपको कठोर बना लेने का है कमला जी, आप खुद को सम्भालिए...। यहाँ मैं हूँ न, आप बाहर बरामदे में बैठिए...जरूरत पड़ी तो...।

कमला ने पहली बार उनके सामने हठ किया था—नहीं, आप खुद तो दो रातों से जगे बैठे हैं। बल्कि मैं ही बाबूजी के पास बैठती हूँ, आप थोड़ी देर आराम कर लें...।

तीसरे दिन बाबू बलिराम सिंघ की संज्ञा पूरी तरह लौट आयी थी, माथे की पट्टियों से रिसते खून को टटोलते हुए उन्होंने कमला को अपने पास बिठा लिया था—

तू घबरायी हुई है बिटिया? ना, ऐसे रोते नहीं...। वे आततायी मुझे मार डालने का मंसूबा बनाकर ही आये थे। इन बूढ़ी हड्डियों में अब भी दसियों पर भारी पड़ने की ताकत है, कमली...। मुझे ठीक हो जाने दे बच्ची, फिर एक-एक को जिन्दगी भर के लिए जेल की चक्की नहीं पिसवायी तो...।

सुधीर का अनुमान सही निकला बाबूजी...। अवधेश को अपनी पूरी जमात के साथ लैस देखकर ही उसने...।

सुमेर के सामने उसके भतीजे का नाम मत लेना बच्ची, यह सच है कि अवधेश ने ही मुझे ललकारा था—

खजाने का साँप बना बैठा है बुढ़वा...। अच्छा हुआ, अपनी बाँबी में यह अकेला मिल गया—मारो इसे, खत्म कर दो...।

सारा वाकया सुनकर कमला थहरा गयी थी। अवधेश की बदनीयती का सबूत कुकर्म की सभी सीमाओं को पार करता हुआ इस रूप में मिलेगा, इसकी

उसने कल्पना तक नहीं की थी। सुजाता की माँ उसकी समवयस्का विधवा भाभी अपनी कोठरी में अकेली थी। बलिराम सिंघ की चीख सुनकर वह लालटेन लिये दौड़ी आ रही थी। गलियारे में ही लुटेरों ने उसे दबोचकर...

मेरे माथे पर खून सवार हो गया था। मैंने कनिया की रक्षा के लिए गँड़ासे से उन राक्षसों पर...

सुमेर सिंघ ने बताया था—ईसुर के कन्धे पर छिटकता हुआ गँड़ासा हरिया की बायीं कोहनी पर सीधा जा लगा था—आरा सदर अस्पताल में कटी हुई बाँह के जख्म से बिलबिलाकर उसने अपने प्राण त्याग दिये...। ईसुर भागता हुआ गाँववालों की गिरफ्त में आ गया था। रँगीला मोहनपुर करजा के सिवान पर अचेत पाया गया था और अवधेश का कहीं कोई अता-पता नहीं था।

चौथे दिन बलिराम सिंघ की हालत यक-ब-यक बिगड़ने लगी थी। अँटकते हुए उन्होंने सुमेर सिंघ को अपने पास बुलाया था—

परवाना कट चुका है सुमेर...मेरे बाद मेरी कमली...।

कमला दौड़ती हुई डॉक्टरों को बुला लायी थी...

मेरी बच्ची...हिम्मत से काम लेना, क...म...ली...।

डॉक्टर सहाय ने तेजी से बिगड़ती जा रही मरीज की दशा को सँभालने के लिए हर सम्भव प्रयत्न किया था।

अभी एक घंटे पहले तक तो इनकी हालत में अच्छा सुधार देखकर हमलोग पूरी तरह आशान्वित थे...। लगता है किसी भीतरी रक्त-स्राव के कारण...।

बाबूजी...?

पथराती चली जा रही पुतलियों को देखकर कमला असहाय भाव से गोहार लगाने लगी थी—डॉक्टर साहब, आप चुप खड़े हैं, कुछ करते क्यों नहीं, देखिए न बाबूजी कैसे होते चले जा रहे हैं।

सुमेर सिंघ ने कमला के कन्धे पर धीरे-से अपनी हथेली रख दी थी—

बाबूजी नहीं रहे, कमलाऽ!

....

होश में आओ कमला...कमला, अपने को सँभालो।

अचेत कमला को नर्सों के हवाले करके सुमेर सिंघ ने कितने सहज गाम्भीर्य के साथ बलिराम सिंघ को अन्तिम विदा देने का सरंजाम जुटाया था—नौ मन लकड़ी, शुद्ध घी, चन्दन, पीताम्बर का थान...हरे बाँस की चाँचर...

साँझ के झुटपुटे से पहले मोहनपुर करजा के गोतिया दयाद, विद्यालय के दूसरे शिक्षक, बिरजू, रजुली और सुधीर पटना अस्पताल के अहाते में शव अगोरते

सुमेर सिंघ के पास पहुँच चुके थे—

माथे पर रक्त से सनी पट्टी ही बँधी हुई थी, पलकें पूरी तरह बन्द, होंठ तनिक खुले हुए। लग रहा था, बाबू साहब अभी उठ बैठेंगे—

अरे, अपने-अपने काम-धन्धे का हरजा करके सब लोगों का जुटान यहाँ किसलिए...? जाओ भाई, अपना-अपना व्यवसाय देखो और सुमेर, तुम विद्यालय छोड़कर यहाँ बैठे हो...? भला कहो तो, बाल-बचवन की पढ़ाई का कितना नुकसान हो रहा है? और हमारी कमली कहाँ है?

बिलखती हुई रजुली अपनी कमला मौसी को सहारा देकर अहाते तक ले आयी थी—सुमेर सिंघ ने आगे बढ़कर रोकना चाहा था—

इनकी हालत ठीक नहीं है—राज, तू इन्हें खामखाह...

मेरे बाबूजी मुझे दुबारा मिलेंगे क्या? मैं उनके अन्तिम दर्शन भी नहीं करूँ...? यही चाहते हैं आप...? घबड़ाइए नहीं, मैं मरूँगी नहीं....मुझे कुछ नहीं होगा...

सुमेर सिंघ जानते थे—अप्रत्याशित यन्त्रणा के आघात ने कमला को सहज नहीं रहने दिया था। वे स्वयं क्या अपने ऊपर नियन्त्रण रख पाये थे—बाँस घाट पर सिद्धू डोम ने चिता को अग्नि दी थी—छह फुट की सीधी-सतर काया देखते-ही-देखते लपटों से घिर चुकी थी—गाँव-जवार में नयी क्रान्ति के अगुवा माने जाने वाले बलिराम सिंघ ने अन्याय के प्रतिकार में अपने प्राण गँवा दिये थे, गाँव के लोग चिता की राख समेटने लगे थे। सुमेर सिंघ की हथेलियाँ—प्रार्थना की मुद्रा में घुटनों पर झुके माथे से जुड़ गयी थीं—

आपसे मेरा कोई प्रत्यक्ष सम्बन्ध नहीं था...रक्त-मांस का नहीं, गाँव-जवार का भी नहीं...फिर भी आप इतने अपने क्यों थे—आज आपके नहीं रहने पर शिराओं में वेदना की यह ऐंठन क्यों, किसलिए...?

गंगा की मटमैली लहरों में क्षार बनकर सिमटते बलिराम सिंघ का अन्तिम निवेदन अनहद नाद बनकर उनके दिमाग में उमड़ने लगा था—मेरे बाद कमली को...मेरे बाद...

सुधीर और रजुली साँझ वाली गाड़ी से ही कमला को गाँव लिवा ले गये थे।

ऊँची दीवारों वाला बलिराम सिंघ का पुश्तैनी घर कैसा श्रीहीन प्रतीत हो रहा था। बेंत की जिस बड़ी कुर्सी को ओसारे में डालकर वे हुक्के की पेंचवान मुँह से लगाये हर आने-जाने वालों की मेहमाननवाजी किया करते थे, वह ज्यों-की-त्यों थी। ऊँचे पायों वाले वजनी पलंग पर बिछी कसीदा कढ़ी सुजनी रक्त

से लथपथ जमीन पर पड़ी थी—कनिया भौजी ने रो-रोकर कैसा बुरा हाल कर लिया था। कमला को सामने देखकर वे बिलख उठी थीं—

बाबूजी को वहीं छोड़ आयी बबुनी...? वे हमसे नाराज होकर चले गये न...। अब हम दोनों का क्या होगा? हे ठाकुर जी...।

कमला ने अपनी निरक्षरा भावज को धीरे-से सहारा दिया था—उठो भौजी...। भीतर चलो...।

वह सुधीर की ओर मुखातिब हुई थी—तुम भी अपने गाँव लौट जाओ...और बिरजू काका, आप भी...हाँ...यदि आपको कोई आपत्ति नहीं हो, तो राज को मैं अपने साथ...।

कैसी बात करती है कमला बहिन, राज यहीं रहेगी...जितने दिन आपको उसकी जरूरत हो, उतने दिन तक...।

भारी कदमों से बिरजू और सुधीर ने दहिवर की राह पकड़ी थी—

भगवान ने बड़ा अनरथ कर दिया, सुधीर बबुआऽ! कमला बहिन जी को इतना बड़ा दंड। बाबू साहेब चले गये और उतनी बड़ी हवेली में दो मुसम्मात तिरिया हमेशा-हमेशा के लिए अकेली! भगवान उस लुटेरे को कभी सुखी नहीं रहने देगा। देख लेना बचवा, एक निरपराध की जान लेने का दंड उसे जरूर मिलेगा। बाबू साहेब जैसे सन्त आदमी पर तमंचा चलाते उसके हाथ नहीं काँपे...। वह तो कहो कि उन्होंने बड़ी दिलेरी के साथ हत्यारों का मुकाबला किया, वरना तिजोरी की जमा-पूँजी कनिया और कमला बहिन जी के गहने...घर का सारा सरंजाम चला जाता।

सुधीर यन्त्रचालित पुतले की तरह निपट मौन था। उसके जेहन में बाबू बलिराम सिंघ की आखिरी बात रह-रहकर चोट कर रही थी—जिन्दा रहा तो उस लुटेरे को उमिर कैद डलवाये बिना...।

शिवाले के पास पहुँचकर बिरजू थम गये थे—तुम सुमेर भाई के घर जाओगे न बचवा, देखो दरवाजा बन्द करके भूखे-प्यासे सो मत जाना—हम तुम्हारे लिए दूध लेकर...

आप जाइए बिरजू काका, आज हम अपने घर जाएँगे...। सुधीर की दिपती हुई आँखों का मर्म थाहकर बिरजू का मन अनायास उद्वेलित हो उठा था—

वहाँ किसलिए बबुआ, तुम्हारी तबीयत तो...

मुझे कुछ भी नहीं हुआ, बिरजू काका! आप नाहक परेशान नहीं होंगे...। कल काकाजी लौट आयें, तो दुबारा भेंट होगी। अच्छा...

सुधीर को अचानक आया देखकर बालापुर वाली दावानल में फँसी हिरणी

की तरह सहमी-सी उसके एकदम पास आ गयी थी—

बबुआ हो, तू? तहरा सब कुछ मालूम हो गइल बा कि...

सुधीर के होंठों पर एक तीखा सवाल आते-आते ठिठक गया था—तुम्हें कुछ भी नहीं मालूम, अम्माऽ! तुम नहीं जानती कि तुम्हारे बड़े बेटे ने एक बेगुनाह के खून से अपने हाथ रँगे हैं।

वह कुछ कहता, इसके पहले बालापुर वाली ने उसके होंठों पर उँगली रख दी थी—चुप बचवा, एकदम चुपचाप हमरा कोठरी में चली आव।

तो क्या अवधेश...यहाँ?

जियावन सिंघ की दालान में दोहर ओढ़कर सोये अवधेश की शिनाख्त कर चुकने के बाद सुधीर की आँखों का रंग यकायक बदल गया था—

अम्मा बड़ी भूख लगी है—तुम मेरे लिए रोटी का इन्तजाम करो, तब तक मैं तुम्हारी कोठरी में...

उसने झूठ कहा था। वह सीधा बक्सर थाने की ओर बढ़ गया था—थानेदार अपने क्वार्टर में आराम फरमा रहे थे।

क्या कहा...? सुधीर सिंघ जी...आपके होसो-हवास दुरुस्त तो हैं न...। आपने जो कुछ कहा, अच्छी तरह सोच-समझकर तो कहा है न...कहीं अइसा न हो कि आपके पिता बाबू जियावन सिंघ जी...।

थानेदार जोगिन्दर चौधरी के सामने सुधीर इतना भर ही कह पाया था—आप रपट लिख लीजिए और हमारे साथ चलिए, चौधरी जी...आपका फर्ज बनता है। हत्यारा आपकी हद में है; आप उसे तुरन्त गिरफ्तार कीजिए...। यदि आप ऐसा नहीं करना चाहते तो मुझे मजबूरन एस.पी. साहब के पास...।

अवधेश फरार होने की कोशिश में दुमंजिला की कोठरी से रस्सी लटकाकर पीछे वाली बगीची में उतर चुका था। टॉर्च की तेज रोशनी में चारों ओर से घिरा जानकर उसने अन्धाधुन्ध गोलीबारी शुरू कर दी थी...सुधीर ने जान जोखिम में डालकर पीछे की ओर से उसे जकड़ लिया था। हाथापाई में चिथड़े-चिथड़े हो चुकी कमीज...वहशी आँखों से टपकता हुआ क्रोध का लावा। उलझी हुई दाढ़ी वाले बदहवास अवधेश को हथकड़ी पहनाकर ले जाया जाने लगा था, तब उसने कैसी क्रूर दृष्टि सुधीर पर डाली थी—

बाबूजी, यह सब अम्मा की करतूत है। उसी ने इस विभीषण को बुलवाकर...खैर, जिन्दा रहा तो...।

जियावन सिंघ गहरे सदमे की हालत में अपनी कोठरी में बन्द हो गये थे...। सुधीर इन्स्पेक्टर राणा प्रताप के साथ मोहनपुर करजा चला गया था। बाबू

बलिराम सिंघ की पुतोहू का बयान जरूरी था, उसी ने अवधेश को बाबूसाहब पर गोलियाँ चलाते देखा था।

सुमेर सिंघ गाँव लौटे तो बिरजू से सारा समाचार सुनकर वहीं बैठ गये थे—

अवधेश पकड़ा गया? उसे जियावन ने अपने घर में शरण दी थी, उस कातिल को...पुत्र-मोह ने जियावन को इस कदर बावला कर दिया है? कैसी दिशाहीनता की दशा थी उनकी? गाँव के सभी टोले वाले जियावन सिंघ की खुली भर्त्सना कर रहे थे। मोहनपुर करजा के नवयुवक-संघ ने सुधीर के पास अपनी फरियाद पहुँचायी थी—सुधीर भइया, आपके घर की बात है, नहीं तो अब तक उस घर की ईंट-से-ईंट बज चुकी होती...। हम आपसे ही पूछना चाहते हैं, बाबू जियावन सिंघ के लिए कौन-सी सजा उचित होगी?

सुधीर मौन था...। सुमेर सिंघ ने आगे बढ़कर युवकों की टोली को समझाने-बुझाने का प्रयत्न किया था—अपराधी को सबसे बड़ी सजा उसकी अन्तरात्मा देती है...हरि बेटे...। अवधेश सीखचों के पीछे है। उसके नाम पर कई मुकदमे पहले से ही दर्ज हैं। जियावन उच्च रक्तचाप का मरीज है। उसने अन्धी ममता में पड़कर अवधेश को आश्रय दिया है, इसे हम कतई उचित नहीं मानते लेकिन गाँव की सारी चहल-पहल के बीच से अपने-आपको किनारे करते हुए उसने निर्वासित होने का दंड खुद ही सिर-माथे लिया है। मुझे अभी भी प्रतीक्षा है, बेटे...। कभी तो उसे अपनी भूल का अनुभव होगा...गाँव की जिन्दगी में नयी तब्दीली आयी है। पुराने जल की तलैया में काई जमी हुई थी—पुरवाई का जोर है। मैं साफ देख रहा हूँ वह काई फटने वाली है। तुम उत्तेजित हुए बिना अपने कर्तव्य का पालन करो। बस...बाबू साहेब का बलिदान खाली नहीं जाएगा। मैं तो चाहूँगा कि अवधेश जैसी भूली-भटकी मानसिकता वाले युवकों को भी सुधार का हर सम्भव मौका अवश्य दिया जाय। उसकी दुराकांक्षाएँ उसे गलत रास्ते पर जरूर ले गयी हैं—लेकिन बेटा...हममें से कोई भी मसीहा नहीं है...। कोई-न-कोई खोट हम सबों के भीतर भी है न।

मैं तुम लोगों को वचन देता हूँ—कमला जी या कनिया भौजी की प्रतिष्ठा अब इस गाँव की, हम सबों की प्रतिष्ठा है। उनकी रक्षा हमारा सबसे बड़ा दाय है और दाय हम सबों को मिल-जुलकर निभाना है।

सुमेर सिंघ कैसा अजूबा कांड कर बैठे थे—मैं अवधेश की जमानत देने आया हूँ, थानेदार साहब!

आपकी बुद्धि ठीक तो है, सुमेर सिंघ जी...। तीन दिन पहले आपका

भतीजा अपने सगे बड़े भाई की धर-पकड़ के लिए उतावला था...। उसी ने हवलदार राम परवेश की मदद की...। और आप हैं कि...जाइए, अपने गाँव लौट जाइए। अदालती आदेश के बिना अब कुछ भी नहीं हो सकता।

कमला ने सारी बात सुनी थी...वह विद्यालय की सूनी दीवारों को एकटक देखती खामोश बैठी रही थी—

सुधीर और दूसरे लोगों की तरह आप भी मुझसे नाराज हैं? सुमेर सिंघ की बात का कोई भी उत्तर दिये बिना वह छात्रों की उत्तर पुस्तिकाएँ समेटने में व्यस्त हो गयी थी।

सुमेर सिंघ की दशा प्रायद्वीप पर एकाकी बसने वाले उस प्राणी की-सी हो गयी थी—जिसकी भाषा को समझने की कूबत किसी में भी शेष नहीं थी। उन्होंने सुधीर को रोककर अपना पक्ष उसके सामने रखना चाहा था—अवधेश के बचपन की मासूमियत मुझे अच्छी तरह याद है बचवा...जियावन की गोद में बैठकर राजनीति के घिनौने दाँव-पेंच की शब्दावली सीखता रहा...जोड़-तोड़ की कुटिल बुद्धि बटोरता रहा। कुसंगत अच्छे-भले आदमी को हैवान बना देती है। अवधेश सबसे बड़ा दोषी है, मैं मानता हूँ बेटे, लेकिन वह इस गाँव की अमानत भी तो है, न जाने क्यों, मेरा मन कहता है कि उसे एक मौका दिया जाए तो शायद वह...।

सुधीर का स्वर आक्रोश की चरम सीमा पर पहुँचकर कर्कश हो गया था—आपकी गाँधीवादी मानसिकता इस युग के लिए मुलम्मा उतरे बर्तनों की तरह बेकार हो चुकी है, काकाजी...। अपनी हवश को पूरा करने के लिए अपराध के दलदल में उतरने वाले, शोषण को आमूल समाप्त करने के लिए नक्सलपन्थ जैसी क्रूर वृत्तियों को आवरण बनाकर घृणित स्वार्थ की सिद्धि करने वाले आततायियों को आप शह देना चाहते हैं? आखिर क्यों? आपको क्या लगता है—क्या क्षमादान से ये सुधर जाएँगे, अपने हथियार फेंककर इन्सान बन जाएँगे...हत्या, लूटपाट, बलात्कार जैसी वीभत्स करतूतों से बाज आ जाएँगे। अवधेश भाई, हरिया, रँगीले जैसे लोगों को उनके किये की सजा मिलनी ही चाहिए...काका जी...।

सुमेर सिंघ नये-ताजे रक्त की उबाल से भरे अपने भ्रातृज को चाहकर भी समझा सकने में असमर्थ थे। वे क्या नहीं जानते थे, बिरजू जैसे सीधे-सादे गँवई मानुष का सर्वस्व उनके सगे भाई के द्वारा छल-बल से अपहृत कर लिया गया था। यथार्थ के कठोरतम अभिशाप को भुगतता हुआ बिरजू जियावन सिंघ की बनिहारी करके अपने बाल-बच्चों का पेट भरने को विवश था। अपनी नसों में कसकते हुए दर्द के उपचार की विकलता उसे उग्र बना सकती थी। उसने तो

एक बार कहा भी था—

सुमेर भाई, चम्बल की घाटियों में डाकू कैसे उपजते हैं—यह अनुमान हमें अब होने लगा है। भुँइमाता पर किसी एक का दखल हो जाये और दूसरे अन्न के दाने-दाने के लिए तरसते रहें...कोई बाबूसाहेब बन जाये और किसी के माथे पर जुग-जुगान्तर के लिए गुलामी का दाग दे दिया जाये...आपका मानुस धरम क्या यही कहता है? नया खून था, नयी तड़प...। हम बाबू जियावन सिंघ के खिलाफ फरियादी होकर निकल गये थे। किसी ने हमारी सुनी? कचहरी, कानून, थाना, पुलिस—सब कुछ ताकत के हाथों गिरवी है, सुमेर भाई...। रँगीला दुसाध सहार के बलवाइयों की शरण में क्यों गया था, आपको मालूम है? कुदरा के हिरामन तिवारी ने उसकी नयी-ब्याहता के साथ जोर-जबर्दस्ती की थी। उसने थाने में मुँह खोलने की जुर्रत की तो लोहे की सिक्कड़ से उसे लहूलुहान कर डाला गया था। प्रतिशोध की सुलगती हुई आग ने उसे कहाँ-से-कहाँ पहुँचा दिया। हिरामन तिवारी की वासना ने उन्हें कुत्ते की मौत मरने के लिए बाध्य किया था। सच्चाई तो यह है सुमेर भाई कि ताकत को अपनी मुट्ठी में जकड़ने के लिए आदमी हैवान होने का कोई भी मौका चूकना नहीं चाहता...हम जैसे लोग किनाराकशी कर गये तो किस सुख की फसल उगा रहे हैं, बताइए तो।

सुमेर सिंघ निपट अकेलेपन का अनुभव करने लगे थे...। विद्यालय में सुधीर से सामना होता तो वह औपचारिकता के दो बोल बोलकर अपनी व्यस्तता का बहाना बनाता दूसरी ओर निकल जाता...। दूसरे शिक्षकों से प्रणाम-पाती के सिवा किसी अन्तरंग बातचीत का कोई प्रश्न ही नहीं था। कमला हफ्ते में एक दिन आती थी—उसने उनके कमरे की ओर से जाने का रास्ता छोड़ दिया था...आम्रकुंज वाले कमरे में छात्राओं की कक्षाएँ लेती और बाहर से ही लौट जाती। निस्सन्देह रजुली उनके एकान्त को बँटाने की, उनके और दूसरे लोगों के बीच सेतु बनने की भूमिका निभाने में बदस्तूर व्यस्त थी—

आप कुछ भी कहें, गुरु काकाजी! लेकिन आप किसी भी हालत में इस दुनिया के प्राणी नहीं लगते। दुबली-पतली-सी काया में इतना ऊँचा मन...। आपकी यह दयाशीलता कभी-कभी मेरी समझ से बाहर हो जाती है—दूसरे तो फिर भी...।

...

अच्छा, बताइए तो, नगीना पंडित के पोते ने सित्तू चाचा की बिटिया को कितनी जोर से मारा था, उसे दाँतों से काट लिया था। आपने उसे यूँ ही घर जाने दिया। मैं होती तो उसे विद्यालय की कोठरी में बन्द कर देती...उसके घर जुर्माने

की खबर भिजवाती...लेकिन आप तो।

उसे मारने से अधिक समझाना जरूरी था, राज...। जानती है बच्ची, जुर्माना लगाता तो नगीना पंडित दूसरे ही दिन उसे विद्यालय से उठा लेते। सुबह-साँझ पुरोहिताई का नकली पाठ पढ़ाते और उसे पूरे दिन की छूट मिल जाती...फिर गाँव के दूसरे आवारा बच्चों के साथ वह भी...।

और दुलारी धगरिन के लड़के सोहना ने आपके कार्यालय की मेज-घड़ी चुरा ली थी, तब भी तो आपने उसके खिलाफ कुछ नहीं किया...।

दुलारी से मुझे सबकुछ मालूम हो गया था राज, चार दिनों से उनके घर में चूल्हा नहीं जला था। सोहना से भूख नहीं सही गयी थी...उसने अपना अपराध बिलकुल सच-सच कबूल कर लिया था—ज़रा सोचो, मैं उसे स्कूल से निकाल देता तो नुकसान किसका होता...उसकी उद्दंडता को और भी शह मिलती...वह भटक जाता तो।

आपकी सधुक्कड़ी बानी मेरी खोपड़ी के ऊपर से फिसल जाती है—गुरु काकाजी! उठिए, अपना तामझाम बटोरिए, छुट्टी का समय हो रहा है।

सुमेर सिंघ एक विचित्र-सी क्लान्ति का अनुभव करने लगे थे। सुधीर सारा सरंजाम उठाकर पंचायत घर के बाहरी हिस्से में रहने के लिए जा चुका था। फिर वही, थकी-हारी अकेली दिनचर्या...कभी खिचड़ी राँध लेते तो कभी सत्तू का घोल पीकर पूरा दिन काट ले जाते...।

बिरजू ने टोका था—

ऐसी लापरवाही उचित नहीं सुमेर भाई! आपकी सेहत पर इसका असर पड़ेगा। आप कहें तो सुधीर बबुआ चाहे कमला बहिन जी से कह-सुनकर हम...

तुम क्या सोचते हो—सुधीर मुझसे नाराज होकर गया है या कि कमला के मन में मेरे लिए कोई मलाल है? तुम्हें गलतफहमी हुई है बिरजू भाई...मैंने गलती की थी। मुझे उसकी सजा मिलनी चाहिए थी...। अवधेश ने कमला के पिता की हत्या की...कमला के मन की पीड़ा एकदम उचित है...अवधेश की जमानत के लिए मैंने क्यों कोशिश की, यह सफाई मैं किस-किसके सामने पेश करूँगा भाई और मेरी कोशिश में मेरा कोई स्वार्थ नहीं था, यह विश्वास भी किसी को दिला पाऊँगा क्या? अकेलेपन का यह दंड मुझे उचित ही तो मिला है। मैं अपनी पहचान कर लूँ, अपनी अतिशय भावुकता से उबर जाऊँ तो शायद मेरे सोच को भी दूसरों के साथ तालमेल बिठाने की सामर्थ्य मिल जाएगी।

गुरु काकाजी, आपको तेज बुखार है। सारी देह कैसी आँवे-सी तप रही है। नहीं-नहीं, उठिए मत। मैं अभी जाकर सुधीर बाबू को...

नहीं, किसी को खबर करने की कोई जरूरत नहीं है। भुनेसर दूध दूह गया हो तो औंटाकर सिरहाने धर दे—और तू विद्यालय चली जा, राज...। और बेटे, ये चाभियाँ सुधीर को देती जाना। कहना, सारे कमरे खुलवाकर सफाई करवा लेगा और छुट्टी के समय एहतियात से ताले डलवाकर चाभियाँ अपने पास ही रख लेगा।

सुधीर राजेश्वर वैद्य जी को साथ लिवा लाया था—

अरे, तो तुम लोगों को पता चल ही गया, इस रजुली की बच्ची ने हंगामा खड़ा कर दिया, लगता है। वैद्य भाई, हरारत का बुखार है, आप भी तो पूरी गम्भीरता से मुआयना करने बैठ गये...। दो दिन आराम करूँगा और सबकुछ अपने-आप ठीक हो जाएगा।

राजेश्वर वैद्य जी ने बाहर आकर सुधीर को हिदायत दी थी—अकेले हैं, अपने स्वास्थ्य के साथ खासा खिलवाड़ किया है सुमेर सिंघ जी ने...। यह बुखार साधारण नहीं लगता। भगवान करें, मेरा सन्देह झूठा साबित हो...। दवाइयाँ नियम से देते जाओ और इनकी देखभाल पूरे जतन से...। मैं दोनों जून नियमित रूप से आ जाया करूँगा।

सुधीर, यह क्या...? तुम्हें यहाँ रहने में तकलीफ होगी बचवा, मैं रातभर छटपटाऊँगा और तुम्हारी नींद में खलल...।

आपको मुझसे गुस्सा होने का पूरा हक है काकाजी...दोष मेरा भी कम नहीं था। बोलिए, आपने मुझे माफ किया न...।

अरे रे, रोता है पगले...। राज ठीक ही कहती है—तू अभी तक बच्चा है...तेरे सुभाव की कोमलता मुझे कहीं पीछे छोड़ चुकी है, सुधीर...। ऐसा नहीं होता तो अच्छी-भली डॉक्टरी छोड़कर तू इस गाँव में...।

आप चुपचाप लेटे रहिए काकाजी, वैद्यजी ने आपको पूरी तरह विश्राम करने के लिए कहा है।

ज्वर सचमुच साधारण नहीं था। सुमेर सिंघ की दुर्बलता बढ़ती जा रही थी। बक्सर अस्पताल में एक्सरे करवाने पर पता चला था; उनके दाहिने फेफड़े पर हल्का-सा धब्बा था—कुपोषण और खानपान में लापरवाही की वजह से ऐसा हुआ है। कड़ी मेहनत का बोझ ऊपर से...। कम-से-कम छह महीने बिछावन

से हिलें नहीं तो बेहतर...सबको पता है...आप चलते-फिरते नजर आएँगे, तो विद्यालय गये बिना नहीं मानेंगे इसीलिए इतनी-सी सजा आपके लिए अनिवार्य है।

रजुली के उदास चेहरे पर फीकी मुस्कान उभरी थी—गुरु काकाजी ने कभी किसी को जुर्माना नहीं लगाया, सारी सजा अपने ऊपर झेलते रहे। अच्छा हुआ, यह दंड भी इन्हें ही मिलना था।

सुधीर ने सुझाया था—कमला मौसी को विद्यालय की जिम्मेदारी सौंपकर आप उस ओर से निश्चिन्त हो जाइए, काकाजी...। कुछ महीनों की बात है। आप स्वस्थ हो जाएँगे तो दुबारा सबकुछ सँभाल लीजिएगा...।

उस रोज कमला अप्रत्याशित रूप से उनकी कोठरी में दाखिल हुई थी।

तुम...? यहाँ...?

हाँ...लेकिन आप लेटे रहिए।

तुम्हें यहाँ नहीं आना चाहिए था...। यह रोग छुआछूत का...

सुधीर यहाँ रह सकता है, रजुली दिन-रात आपकी हिफाजत कर सकती है, आपकी सारी छुआछूत केवल मेरे ही लिए है। यह क्यों नहीं कहते कि आपने मेरी क्षुद्रता को माफ नहीं किया...अवधेश आपके भाई का लड़का है—उसके लिए आपकी करुणा सहज हो सकती थी—यह सोचे बिना मैंने...।

तुम भी मुझे ठीक-ठीक पहचान नहीं पायी न...राज गलत नहीं कहती मेरा वजूद सचमुच इस जमाने के अनुकूल नहीं...।

कमला को न जाने क्या सूझा था—उसने धीरे से उठकर किवाड़ की सांकल लगा दी थी—

यह क्या, कमला! तुमने मेरे पाँव छू लिये!...उठो...उठो कमला...अभी सुधीर आता होगा...तुम रो रही हो...क्यों? मेरे लिए?

मुझे प्रायश्चित करना था, कमली...अपने पापों का प्रायश्चित...वर्षों पहले की एक छोटी-सी भूल का परिताप मेरे अंग-अंग में दाहक लपटें बनकर सिमटा हुआ था, मेरी यही परिणति होनी थी...।

मेरे पाँव छूकर तुमने मेरे अपराध-बोध को दुगुना कर दिया...।

भाद्र पक्ष के घने काले बादलों से घिरे आकाश को एक अरसे के बाद सूरज की सुनहली किरणों का संग-साथ मिला हो...कमला के मुख पर वह मुसकान कुछ वैसी ही खिल उठी थी।

सुमेर सिंघ की चीवरधारिणी आकांक्षाएँ एक नयी पुलक की उजास से भर उठी थीं—

अपने समस्त दुखों का सहभागी होने के अधिकार मुझे दे दो। तुम ऐसी ही सौम्य स्मित से भरी रहो, कमला...तुम्हारी यह हिमधवल सहजता ही मुझे मरण-द्वार से लौट आने के लिए बाध्य कर देगी...

अलिखित, अघोषित, युगों पूर्व का एक अनुबन्ध आधिभौतिक विस्मृति का सुख बनकर उन दोनों के बीच ठहर गया था—

वचन दो, तुम अपने साथ ऐसा अत्याचार दुबारा नहीं करोगे...

तुम्हें भी एक सौगन्ध दोहरानी होगी—बोलो कमला, मेरी एक छोटी-सी बात मानोगी न...। तुम्हें ऐसे ही हँसकर जीवन जीना होगा। उदास नहीं रहा करते...। कहो मेरे लिए इतना कर सकोगी न...।

व्रणों पर शीतल अवलेप जैसी वह कोमलता उनके तलवों को छूती हुई उनकी देह की रग-रग में पैठती चली गयी थी। सुमेर सिंघ की साँसें अगरु-गन्ध से भी हल्की हो गयी थीं। उनके अहाते में झर-झर झरते हरसिंगार की श्वेत वासन्ती आभा-सी सम्मोहक वह संज्ञा अँधेरे के आवरण को भेदती उन्हें मधुर आह्वान देती जा रही थी—

तुम्हें स्वस्थ होना होगा, मेरे लिए...हाँ, केवल मेरे लिए...।

सुमेर सिंघ के स्वास्थ्य में आश्चर्यजनक सुधार आने लगा था। सुबह-शाम टहलने के लिए निकलते तो रजुली साथ होती—गाँव-जवार की दुनिया भर की किस्से-कहानियों की गठरी अपने साथ लिये।

बाबूजी ने सरजू और दुलारी भौजी का दुबारा लगन करवाया था न...। दोनों कलकत्ता में राजी-खुशी हैं। सरजू भाई का पोस्टकार्ड आया था, उनकी एक नन्ही-सी बिटिया भी है पुतली जैसी सुन्दर...। सरजू भाई ने आपको भी पालागी लिखा है गुरु काकाजी...। सच, अपनी मरजी की जिन्दगी जीते हुए वे दोनों कितने सुखी होंगे न...।

अच्छा, बताइए तो...क्यों हम अपनी मरजी से अपनी राह नहीं चुन सकते...। माई दिन-रात एक ही रट लगाती रहती है, मेरे ब्याह की रट...। बाबूजी अपनी मजबूरी का बयान किसी के सामने नहीं कर सकते। उनकी जबान अभाव के टाँकों से सिली रहती है। मेरा एक ही सवाल है—क्या सचमुच लड़कियाँ माँ-बाप के माथे का बोझ बन जाती हैं...ऐसा क्यों होता है, काकाजी...?

सुमेर सिंघ चलते-चलते विद्यालय के सामने वाली पुलिया पर यूँ ही सुस्ताने के लिए बैठ गये थे—दोष हमारे समाज का है बिटिया, खोट रूढ़ियों के शिकंजे में फँसी हुई हमारी मानसिकता में है। नारी-देह को कच्चे घड़े की तरह मानने वाली, उसकी पवित्रता पर प्रश्नचिह्न लगाने वाली हमारी बुद्धि का सबसे बड़ा

छलावा यही है कि हमारी परुषता ने कभी भी स्त्री-जाति को उचित समादर देना सीखा ही नहीं...। देवी और सहज मानवी—ये दो स्वरूप होते, तब भी ठीक था—लेकिन सारे अवगुणों की खान स्त्री को कहकर अपनी चरम शुद्धि के फतवे देने वाले पुरुष-समुदाय की दुरभिसन्धि का ही यह परिणाम है—राज, तुम्हारी माँ...दुनिया भर की माताओं से अलग कतई नहीं हो सकती, बचियाऽ। तुम्हारे पोख्ता मन की पहचान किसी को बेशक नहीं हो, लेकिन तुम्हारी अवस्था, तुम्हारे ऊँच-नीच के खयाल तुम्हारे घरवालों को हर क्षण सन्त्रस्त जरूर करते रहेंगे...। सच पूछो, तो राज बेटे...बिरजू से भी अधिक मेरा मन तुम्हारे भविष्य की बात सोच-सोचकर...।

राज की आँखों में असीम गाम्भीर्य छलक आया था—गुरु काकाजी, आपने मेरा जीवन सिरजा है। माई, बाबूजी जन्मदाता हैं—लेकिन मेरे गुरु, मेरे बाल-सखा तो आप ही हैं न। जीवन की लड़ाई में मेरे एकमात्र सहयोगी के रूप में आपका ही सम्बल पाकर मैं...सच कहूँ काकाजी, ईश्वर के बाद यदि मैंने किसी की पूजा की है तो बस...आपकी...

सुमेर सिंघ ने उसे बीच में ही टोक दिया था—

नहीं, राज बेटे, आदमी कभी पूजा के योग्य नहीं हो सकता...। ऐसा कहना देवत्व का अपमान करना होगा। मेरे भीतर हजार दुर्गुण हैं—मैं भी हाड़-मांस का बना एक साधारण प्राणी हूँ। अपनी कमजोरियों से लड़ता हुआ आदमी जहाँ तक पहुँचता है...वही उसकी अन्तिम मंजिल तो नहीं हो सकती न...। तुझ जैसी बिटिया की अपार सेवा का सौभाग्य मुझे मिला है राज...तेरा जीवन सुखी हो...प्रभु से मेरी यही प्रार्थना रहेगी मेरी बच्ची।

पूरे तीन वर्षों के बाद राम की अप्रत्याशित वापसी हुई थी...। विद्यालय के सालाना जलसे वाले दिन...बिरजू, सुधीर और राज के साथ सुमेर सिंघ कमला को उनके गाँव तक छोड़ने के लिए जा रहे थे...। दुखिया के इनार से आगे एक जीप रुकी थी—

क्यों बरखुरदार, यहाँ से पैदल चले जाओगे या हम साथ चलकर गाँव तक...

नहीं...सुरेश भाई, इस गाँव की एक-एक पगडंडी पर हजारों बार चल चुका हूँ। यहाँ की माटी में लोट-पोटकर बड़ा हुआ हूँ। मेरी आँखों पर पट्टी बाँध

दी जाए, तब भी अपने टोले तक पहुँचने में कोई दिक्कत नहीं होगी। आप जाएँ...पन्द्रह दिनों के बाद मैं खुद ही आपके पास चला आऊँगा।

बिरजू के पाँव आनन्द के नशे में डगमगाने लगे थे—

रजुली, तूने सुना बचिया, यह तो तेरे राम भइया की बोली है।

रजुली बदहवास दौड़ती हुई सामने से चले आ रहे आगन्तुक के एकदम निकट पहुँच गयी थी—

राम भइया!

रजुली...मेरी बहन...। सुमेर सिंघ ने टॉर्च की रोशनी में देखा था, हल्की मूँछों वाला भरा-भरा चेहरा...फौजी ढंग से कटे हुए छोटे-छोटे केश, वरदी पर चमकते पीतल के बटन...दाहिने हाथ में बिस्तरबन्द और कन्धे पर झूलता छोटा-सा सूटकेस।

राम!

गुरु काकाजी...!

पैरों पर झुके हुए उस सजीले जवान को अपने कलेजे से चिपकाकर सुमेर सिंघ वर्षों पहले छूट चुके फौजी माहौल में लौट चुके थे—खद्दर के कुरते-धोती की जगह चुस्त-दुरुस्त वर्दी-पेटी...पैरों में भारी-भरकम बूट...।

तो राम ने गाँव से भागकर वहीं पनाह ली, जहाँ से उन्होंने अपनी जिन्दगी शुरू की थी। गाँव के सिवान पर एक भूला-बिसरा इतिहास अपने दोहराये जाने का आग्रह लिये ठिठका खड़ा था...सुमेर सिंघ ने आवेश में राम को दुबारा अपनी बाँहों के बीच समेट लिया था।

इतने बरसों के बाद तुझे हम सबों की सुध आयी, बचवा? मेरी न सही, अपने गुरु काका की, अपनी दुखियारी माँ की, इस नादान बहन की बात सोची होती...। ऐसे अचानक हमसे दूर चला गया।

बिरजू ने झर-झर बरसते आँसुओं को छिपाने के लिए गमछे के छोर से अपना चेहरा ढँक लिया था। सुधीर ने आगे बढ़कर स्थिति सँभाली थी—बिरजू काका, यह समय यहाँ खड़े होकर शिकवा-शिकायत करने का नहीं है। आप और राज राम को साथ लेकर टोले की ओर लौटें। मैं और काकाजी कमला मौसी को उनके घर तक छोड़कर अभी घंटे भर में आते हैं।

चलो दोस्त, घर पहुँचकर थोड़ी देर सुस्ता लो, पूरे तीन सालों का रोजनामचा तुमसे हासिल करना है। आज रतजगा होगा। राज, तसला भर चाय का इन्तजाम करके रखना...।

राम के लौट आने की खबर पूरे गाँव में फैल गयी थी। बिरजू के हमेशा

उदास रहने वाले चेहरे की झुर्रियों में बेपनाह खुशी की चिकनाहट सिमट आयी थी। रजुली ने घर की दीवारों को सजाने के लिए रंग-बिरंगे घोल तैयार किये थे—

बाबू, आज अपना वही पुराना चइता गाओ न—

चइत मासे जिया अलसाने हो रामाऽऽ

बिरजू ने गला साफ करके बोल कढ़ाने चाहे थे—

धत्, चइता का रंग तो आज रात तेरे गुरु काकाजी की चौपाल में जमेगा...बस, अपनी माई से हमारी एक ही सिफारिश करनी होगी। गगरी भर भंग-भवानी की किरपा हो जाय तो देखना...क्या चकाचक रंग जमेगा।

नहीं बाबूजी, पिछली बार भारी-भरकम गोला चढ़ाकर आप एकदम बावले हो उठे थे—न तन-बदन की सुध थी...न बोली पर कोई वश रख पाये थे। राम भइया के नाम की रट लगाकर कैसे डहक-डहक रोये थे आप...। बेसुधी में आपको कुछ भी याद रह गया था क्या?

मेरी रानी बचिया, कान पकड़कर कसम खिलवा ले...इस बार हिसाब से रत्ती भर जो अधिक ली तो...। और फिर...हमें सँभालने के लिए हमारा राम बेटा जो हमारे साथ रहेगा...तू चिन्ता मत कर...जा, साँझा-बाती की तइयारी कर और हमारी बिजया महारानी की भी।

उस रात गाँववालों के इसरार पर महीन छनी हुई ठंढई मिली भंग का एक बड़ा लोटा हलक के नीचे उतारकर सुमेर सिंघ की आवाज मीठे सुरूर की बानगी में ढल चुकी थी—

नीम की नीची टहनी पर पेट्रोमैक्स टँगा हुआ था। चौपाल की बारादरी में बिछी हुई सफेद जाजिम पर टोले भर के लोग बटुरा चुके थे। बिरजू ने करताल सँभालते नगीना पंडित जी को गोहार लगायी थी—

दोहाई पंड्डिज्जी की...मृदंग पर थाप पड़े और हो जाये गवनई शुरू।

सुधीर बबुआ...तुम ढोलकी सँभार लो...सरजू भइयवा, तुम्हारा नाच देखे जुग बीत गया...आओ लोगो, इनके लिए बीचो-बीच स्थान बना दिया जाये। तनिक सब लोग सरककर इधर-उधर हो जाओ...। भुलटेन! तुम दौड़कर मुखियाजी के घर से झाँझ की जोड़ी उठा लाओ, बचवा!

हाँ...तो पंच लोगो, अबकी चइता का सिरी गनेश सुमेर भाई करेंगे...। हो जाये...

हाँ...हाँ...भइया...हो जाये...

उमगते हुए अनेक कंठों से अपने नाम का समर्थन सुनकर सुमेर सिंघ सकुचा गये थे—

अरे नहीं भाई, गवनई मेरे वश की थोड़े...

राम ने उन्हें बीच में ही टोक दिया था—हमें सब पता है काकाजी...फौज में आप खूब रंग जमाया करते थे...। आज तो हम लोग आपको छोड़ेंगे नहीं...पंडित काकाजी, आप ताल मिलाइए...। शान्त हो जाओ भाइयो, अब हमारे सुमेर काकाजी का जादू चलने ही वाला है।

महुअर की धुन पर जैसे मनियारा साँप झूमता हुआ बेसुध हो चला हो, सुमेर सिंघ की रगों में पूरे चाँद की वह रात एक अजीब-सी खुमारी बनकर वैसी ही शिथिलता भरती जा रही थी।

रामजी के भइले जनमवा हो रामा
एही रे अवधवा...
केई रे लुटावे रामा अँगुरी के मुँदरी
केई देला हाथ के कँगनवा हो रामा
एही रे अवधवा...
दशरथ लुटावेलें अँगुरी के मुँदरी
कोशिला देलीं हाथ के कँगनवा हो रामा
एही रे अवधवा...।

समवेत कंठ से फूटते हुए चइता के आलाप, ढोलक की ढमक और झाँझ की झझकार के बीच सरजू ने अपनी चिरपरिचित नाच की भंगिमा अख्तियार कर ली थी।

तनि जम के भइयवा...

बाह...वाह...शाबाश!

ऊँची बँधी मटमैली धोती के एक छोर को माथे पर डालकर भाव बताने में तन्मय सरजू चकरघिन्नी खा रहा था—

ता थेई-थेई-थेई, तत थेई-थेई...

सरजू आरा के नृत्य गुरु पंडित ललन प्रसाद की शागिर्दी में चार साल तक नाच विद्या सीखकर गाँव की माटी में जिन्दगी का आधार ढूँढ़ने के लिए वापस लौट आया था। गवनई-बजनई में जवार भर में मशहूर पिता पंडित राजमणि चौबे की अकाल मौत ने सारे राग-रंग भुला दिये थे...चार-चार भाई, बहनों, विधवा

माँ और बाला विधवा बुआ के भरण-पोषण की सोच हल की मूठ बनकर हर घड़ी उसके कलेजे में चुभने लगी थी—फिर कहाँ की गवनई और कहाँ की नाच-विद्या।

नगीना पंडित का तबला दुगुन की थाप पर धमक रहा था...

कधे टेधे टेधा डग तेनः। ते न ता
कधे टेधे टेधा। डग तेन तेन ता।

सरजू के पैरों में बँधे घुंघरू मदमाते-से हो रहे थे—जुगलबन्दी चौगुन पर पहुँच रही थी। आड़ा चार ताल...

धिंत्रक धीना तीना कत्ता त्रक धी ना धी
धीना धिंत्रक धीना तीना कत्ता त्रकधी...

पूर्णिमा की रात के कितने पहर गुजर चुके थे, किसी को होश नहीं था।

नगीना पंडित को खैनी की तलब हो आयी थी। सरजू के छोटे भाई रमेश ने अपनी ढोलक सँभाल ली थी—

धा धिं धा धा तिं ता तिं धा धा धिं...

बिरजू ने कान पर हाथ रखकर अलाप लिया था...

हे...ए...ए...हे रामा
होरी खेलत रघुबीरा अवध में...होरी खेलत रघुबीरा...
केकर हाथ कनक पिचकारी...

अरे बताव भइयवा सरजू, तनि भाव बतावत चल...हँ...अइसे...अरे जिय बबुआ...

केकर हाथ कनक पिचकारी
केकर हाथ अबीर झोरी...
हो अवध में...
राम के हाथ कनक पिचकारी...
लछुमन हाथ अबीर झोरी...
हो अवध में...

पौ फटने तक मजलिस अपने पूरे उफान पर जमी रही थी। सबके बार-

बार हठ करने पर बिरजू ने अपने सधे हुए गले से निरगुन का सुर उठाया था, ढोलक सिहरकर चुप हो गयी थी, झाँझ की झनकार ने निर्वेद में ढली उदास लय का साथ देने से इनकार कर दिया था—

रोपिले पाँच पेड़ अमवाँ
पचीस पेड़ महुवा हो रामजी...
तबहूँ ना बगिया सोहावन एक रे कदम्ब बिनु जी...
माथ मोरा सून सेनुर बिनु
नयन काजर बिनु हो रामजी
गोद मोरा सून बा बालक बिनु
कईसे जीव धारब हो राम जी...

रतजगे से अलसाया हुआ देह-मन लिये चौपाल टूटी थी...

सुमेर सिंघ बिरजू के साथ घर की ओर लौटने लगे थे, तो पीड़ा की एक काँस उनके कलेजे में करक उठी थी—सारा गाँव बटुरा गया था—कैसी घनी जमावट थी...एक जियावन ही नहीं आया...

बिरजू ने थाह लिया था—सहोदर भाई के लिए सुमेर सिंघ के मन की कसक कितनी स्वाभाविक थी।

फगुआ, दशहरा...सारे परब-त्योहार आते हैं, गुजर जाते हैं—जियावन अपने ओसारे से बाहर नहीं आता। कसाईबाड़े में बँधे पड़े बूढ़े बरध जैसी अपनी जिनगी का यह सराप वह कब तक ढ़ोता रहेगा भाई, मुझे उसकी और बालापुर वाली की फिकर ठीक से सोने नहीं देती। एक ही महतारी की कोख से पैदा हुए हम दोनों भाई—जियावन ऐसा क्यों हो गया बिरजू! भगवान ने किसी चीज की कमी नहीं छोड़ी थी—गणेश-कार्तिक जैसे दो-दो बेटे, मुँह पर जाब लगाये गृहस्थी की सेंत बटोर करती अन्नपूर्णा-सी बहुरिया...इतनी बड़ी काश्तकारी...पक्की इमारत, बोरिंग—सब कुछ तो था उसके पास...मुझे लगता है—आदमी की हवस बेपनाह हो जाती है तब वह उसे कहीं का नहीं छोड़ती। अपने गाँव की पंचायत का सर्वेसर्वा था जियावन...आन गाँव के लोगों से उलझने की क्या पड़ी थी उसे? जवार भर में अव्वल बने रहने की तृष्णा ने आज उसे इस हाल में पहुँचा दिया—राजनीति की चौसर का खेल कितना खतरनाक होता है, यह जानते हुए भी उसने अपने बेटे को उसी राह पर बेरोक-टोक आगे बढ़ने दिया। आरा वाली लड़की के साथ जो कांड हुआ था, तभी मैंने कहा था—दोनों का ब्याह कर दिया जाये। अवधेश को प्रायश्चित्त का मौका मिलेगा और उस अबोध बच्ची को

जीवन भी...जियावन का जातीय अभिमान आड़े आ गया था।

हम राजपूत हैं—हमारे नामी-गिरामी कुनबे के साथ उस मामूली से मुंशी का जोड़? मखमल में टाट की सीयन! ऐसी ऊल-जुलूल बातें आपके दिमाग में आती कहाँ से हैं, बड़कू! एकदम मति खराब हो गयी हो, तो गंगाजली उठाइए और काशी जी चले जाइए। यहाँ रहकर मेरे घरेलू मामले में दखल देने से तो बेहतर है कि...

कैसा मखमल और कैसी टाट? अवधेश का जुर्म साबित हो चुका है—इसुरी और रँगीले सारा दोष उसी के माथे मढ़कर बरी हो चुके हैं। चौदह बरसों की बामशक्कत सजा। जानते हो बिरजू...इसके बाद जब वह छूटकर आएगा तो क्या करेगा, किस योग्य रह पाएगा? मुझे ऐसा लगता है कि हमने ही उसे बीहड़ में भटकने की नियति सौंप दी...गुनहगार हम भी हैं बिरजू...

बिरजू के पास सान्त्वना के लिए कोई शब्द नहीं था। फगुवा समीप था और सुमेर सिंघ की शिराओं में जेल की सीखचों के पीछे हथकड़ी-बेड़ी से जकड़े वंशज की ममता विकलता भरी करवटें लेने लगी थी—

एक बार भागलपुर जेल में उससे मुलाकात करने का मन हो रहा है—भाई...न जाने क्यों...आज उस नादान की बड़ी याद आ रही है।

सुधीर होली मिलने के लिए बिरजू के घर पहुँचा था। अपने राम भइया की लायी हुई लाल पाढ़ की महीन मलमली साड़ी पहने रजुली ने उसे दूर से ही देख लिया था।

भइया, वह देखिए...झक कुरते-पाजामे में कितने फब रहे हैं आपके मित्र! इतने कोरे कपड़े। इन पर होली खूब जमेगी।

सुधीर ने रजुली की शरारत भरी मुद्राओं को दूर से ही भाँप लिया था।

राज, मेरे ऊपर रंग नहीं डालना, खबरदार! कहे देता हूँ—गीला रंग मुझे एकदम पसन्द नहीं।

रजुली ने अँगूठा दिखाते हुए रंग से भरे नाँद की ओर इशारा किया था—भइया, आज ये बचकर नहीं जाने पायें।

राम ने इशारे से आश्वस्त किया था—रजुली, तू कोई भी गड़बड़ी नहीं करेगी। जा, भीतर जाकर हम दोनों के लिए नाश्ते का बन्दोबस्त कर, तब तक हम दोनों दोस्त नीम के नीचे चारपाई डालकर बैठते हैं। आओ, भाई, उधर ही चले चलें।

सुधीर ने जान-बूझकर बातचीत का सिरा राम की भावी योजनाओं की ओर मोड़ दिया था।

बिरजू काका की हालत तुमसे छिपी हुई नहीं है राम! राज के ब्याह की चिन्ता, उनकी बेकारी और चाची जी की दिन-रात की सोच...तुम इतने दिनों तक बिना कोई सूचना दिये घर से गायब रहे...तुम्हें इन लोगों का तनिक खयाल नहीं आया?

राम ने बड़ी साफगोई से अपना मन खोलकर रख दिया था।

आज तुम्हारे सामने पहली बार एक बात का खुलासा करना चाहता हूँ, मित्र...गुरु काकाजी के सिवा किसी और को मैंने उस कलंक की कथा नहीं बतायी थी। उन्होंने भी मनाही कर दी थी, अवधेश का तो कोई कुछ नहीं बिगाड़ता, लेकिन मेरे टोले वाले मेरी रजुली का जीवन नरक बनाकर छोड़ देते।

सुधीर का अधैर्य अपनी चरम सीमा पर पहुँच चुका था। तुम मुझे साफ-साफ बताओ राम...मैं गाँव से दूर अपनी पढ़ाई में व्यस्त था...इस बीच यहाँ क्या अवधेश ने राज के साथ...

मेरी बहन रंक की गठरी में बँधी हीरे के कनी जैसी है दोस्त...अवधेश ने बुरी नीयत से उसे देखा जरूर था—लेकिन जिस दिलेरी के साथ घास काटने वाली दराँती लेकर शिवाले के पिछवाड़े वाली कटहल की बगीची में रजुली ने अकेली उस नरपशु का मुकाबला किया था...उसके बारे में जानकर मेरे विस्मय-सुख का पारावार नहीं था। मेरी बहन अकेली थी और वह अपने तीन-तीन दुष्कर्मियों के साथ। उस दिन गुरु काकाजी ऐन वक्त पर नहीं पहुँच गये होते, तो रजुली को अगवा करने की उन दुष्टों की साजिश...

सुधीर की आँखों में उमड़ती हुई गहरी हिकारत को थाहकर राम ने उसे शान्त किया था। जो बीत गया, उसे लेकर सोच कैसा? तुम नहीं जानते सुधीर, बहुत दूर तक आगा-पीछा सोचने के बाद मैंने गाँव छोड़ने का निर्णय लिया था। क्या सोचते हो...माई या बाबूजी के लिए मेरे मन में कोई ममता नहीं थी, या रजुली के लिए फर्ज से मुँह मोड़कर भागना चाहा था मैंने? नहीं, दोस्त! गाँव की इस जहालत भरी जिन्दगी से तंग आकर मैंने फैसला किया था, हम छोटे तबके के लोग हैं सुधीर...हमारे पास इतनी भी कूबत नहीं कि अपनी आन की लड़ाई में अकेले जूझते हुए अपने लिए कोई सम्मानपूर्ण स्थान बना सकें...सत्ताधीशों और सर्वहारा लोगों के लिए साँप-सीढ़ी का खेल भोजपुर के हर गाँव की जिन्दगी का प्रारब्ध बन चुका है। अधिकार का, शोषण का प्रपंच अपना खूनी हाथ बढ़ाकर हमें हमेशा के लिए नेस्तनाबूद कर दे और हम बाबूजी वाली निरीहता ओढ़े चुप बैठे रहें—यह नहीं होने का। न धन का जोर और न ही कोई सिफारिश। अधकचरी पढ़ाई वाले मुझ जैसे मामूली आदमी को नौकरी कौन देता भला?

अपने परिवार का दलिद्दर दूर करने के लिए मेरे पास इसके सिवा दूसरा कोई उपाय नहीं था, दोस्त! गाँव की माटी से हमेशा के लिए दूर हो गया—यह दर्द तो मेरे साथ जीवन भर लगा रहेगा—लेकिन मेरे माई-बाबूजी भूखे नहीं रहेंगे। मेरी रजुली का ब्याह हो सकेगा—यही आस इस फौजी की सबसे बड़ी पूँजी होगी भाई, और तुम सबों का स्नेह इसकी साँसों का सबसे बड़ा बल होगा, वरना उन बियाबानों में वैसी कठोर जिन्दगी का अभ्यास...

सच्चे योद्धा की तरह अपने कन्धे झटककर उसने हँसते हुए प्रसंग बदल दिया था।

आवश्यकता आदमी को कहाँ-से-कहाँ पहुँचा देती है, सुधीर! अरे, यह रजुली की बच्ची नेवता देकर मुँह मीठा कराना भूल गयी...तुम बैठो...मैं अभी उसे।

सुधीर ने बिरजू और उसकी पत्नी से विदा ली थी—काकाजी इन्तजार कर रहे होंगे। राम, तुम रुककर आना...तुमसे पहले मेरा वहाँ पहुँचना जरूरी है, नहीं तो वे परोसी हुई थाली सामने रखकर भूखे-प्यासे बैठे रह जाएँगे।

सुमेर सिंघ के पैरों पर अबीर चढ़ाने के लिए रजुली अकेली ही आयी थी।

अरे बचियाऽ तू...और बिरजू, राम, ये लोग कहाँ रह गये?

सुधीर जी और राम भइया नवयुवक संघ के होली-मिलन में शिवाले की ओर गये हैं और बाबूजी का हाल तो आप जानते ही हैं—वे और उनकी विजया महारानी...थोड़ी देर पहले कह रहे थे—सुमेर भाई से होली मिलने जाना है, फिर अचानक बोल पड़े—तू जा राज, मेरा जी ठीक नहीं...लगता है भाँग की गोली थोड़ी बड़ी हो गयी थी...मैं तो दोहर तानकर सोऊँगा...अब रही-सही, कल देखी जाएगी।

अच्छा किया, तू चली आयी...साँझ से अकेला पड़ा मन..कैसी-कैसी अँधेरी गुफाओं में भटकने लगा था। अभी-अभी मैं तेरी कमला मौसी के बारे में सोच रहा था बचिया, बाबू बलिराम सिंघ के घर की यह पहली होली हुई न...उनके बगैर कितनी सूनी, कितनी उदास...न जाने कमला और कनिया भौजी पर क्या बीतती होगी?

आपको मोहनपुर करजा जाना चाहिए था गुरु काकाजी...बल्कि अभी चले चलिए न...मैं भी आपके साथ...।

सुमेर सिंघ ने अपनी जेबी घड़ी निकालकर देखा था—सात बज चुके हैं। लौटते हुए दस-ग्यारह तो बज ही जाएँगे। नहीं, इतनी देर से निकलना उचित नहीं...देखा जाएगा, नहीं तो कल तीसरी वेला में...जल्दी ही चले चलेंगे। अच्छा

बता उस काठ की कठौती में क्या छिपाकर लायी है तू...मेरे हिस्से का पकवान न!

रजुली ने लजाते हुए कठौती का ढक्कन उठा दिया था। थोड़े से गुलगुले हैं काकाजी, खालिस गुड़ के बने हुए, शायद आपको पसन्द नहीं आयें। घर में चीनी थी ही नहीं।

सुमेर सिंघ ने दुलार भरे बनावटी गुस्से से उसकी चोटी पकड़कर झटक दी थी—कैसी परायों जैसी बातें करती है लड़की। तुझे पता नहीं, तेरा यह काका गुड़ की बनी चीजों का कितना चटोरा है। कहावत है न...गुड़ खाये गुलगुले से परहेज। आज तेरे हाथ के बने ये सारे गुलगुले मैंने चट नहीं कर डाले, तो मेरा नाम...

सुधीर होली-मिलन के जलसे से जल्दी ही लौट आया था—भाँग के नशे में किसी को अपने तन-बदन का होश थोड़े ही है काकाजी, सबके-सब लंगूर बने बेतहाशा उछल-कूद मचा रहे हैं। बहुत दिनों बाद अपने राम को भी सुयोग मिला है न...सो, वह तो वहाँ जमा बैठा है। मुझे थकान-सी लगने लगी थी।

अरे, राज, तुम यहाँ। पता है, दस बज चुके हैं, इतनी रात में अकेली घर लौटोगी कैसे?

सुमेर सिंघ ने मुँह पर हाथ रखकर जोरदार जम्हाई ली थी—मैं सोना चाहता हूँ सुधीर...अब इसे घर तक पहुँचाने की ड्यूटी का निबाह तो तुम्हें ही करना होगा। जाओ बेटे, पहुँचाकर आओ।

सुधीर की अन्यमनस्कता को ताड़ते हुए उन्होंने दोबारा इसरार किया था। थोड़ी दूर की बात है बचवा...तेजी से चलेगा तो इसे छोड़कर तुरन्त लौट आएगा।

रजुली कैसे मान से भर उठी थी। हम अकेले चले जाएँगे गुरु काकाजी, इनसे कहिए—लम्बी तानकर सो रहें...हमारे लिए अपने पाँव थकाने की कोई जरूरत नहीं।

सुमेर सिंघ की खपरैल, और हरवाह टोले के बीच दूर-दूर तक फैली हुई बँसवारी का लम्बा फासला था। उसके बाद आम, महुआ और जामुन के पुराने ऊँचे पेड़ों का गझिन विस्तार...

दोनों एकदम चुप...एक-दूसरे से तनिक रूठे हुए दूर-दूर चल रहे थे। रजुली ने जानबूझकर अपनी चाल तेज कर दी थी। सुधीर ने उसे डरा दिया था।

आगे पुराने महुवा वाला कोटर पड़ता है, याद है न। उसमें कौन रहता है—बड़ी-सी दाढ़ी वाला अगिन प्रेत...लाल-लाल आँखें निकालकर दबोचने के लिए झपटेगा न, तब पता चलेगा।

रजुली एकबारगी ठिठक गयी थी। दूर-दूर तक सन्नाटा। बाँस की सूखी पत्तियों की चरमराहट के सिवा दूसरी कोई आवाज नहीं। माई ने होश सँभालते ही चेताया था—

बूढ़े महुवा के नीचे से दिन-दोपहरी में भी अकेली मत गुजरना, बचिया। गाँव के पुरखा-पुरनिया बताते हैं। बाभन टोले के सबसे सयाने अजोधिया पंड्डीजी ने आन की लड़ाई लड़ी थी। साँच-झूठ का फैसला नहीं हो सका था। एक मोहर का पावना चुकाने से आन गाँव के जेठू अहीर ने खुलासा 'ना' कह दिया था। अस्सी बरस के पुरनिया अजोधिया बाबा, लोटा-धोती लेकर गंगा असनान के लिए निकले और घर नहीं लौटे, इसी महुवा की दइमारी डार में धोती का छोर बाँधकर सत के नाम पर झूल गये। साक्षात बरम का बास उस बगीची में है, रजुली! कोई भूल-चूक हो जाये, अनजाने में कोई डार-पात टूट जाये, तो अनरथ हो जाएगा बचिया। उनके परताप से ही हम लोगों की रच्छा होती है। बेला-कुबेला हारी-बीमारी में वे ही हमारे राखनहार हैं।

बूढ़े महुवा से पचास गज की दूरी पर जड़ हो गयी रजुली की आँखों में क्या कोई भरम उपज आया था—

चाँदनी से भी अधिक पीली, घुटनों तक बँधी टहकार धोती, खुले गले से झूलती नयी जनेऊ और हाथी-दाँत जड़ी मूठ वाली काठ की खड़ाऊँ। छह फुट की वह वृद्ध काया कैसी सीधी-सतर उसकी ओर बढ़ती चली आ रही थी।

ठहर छोकरी! यह मेरा इलाका है—इतनी लापरवाही से उछल-कूद करने की आज्ञा तुझे किसने दी? जानती नहीं, मेरे ब्रह्म-तेज ने जेठू अहीर के पूरे वंश को निर्मूल कर दिया था। गंगाजी के कगार में धँसे हुए उस गाँव का नामलेवा कोई नहीं। तेरी यह गुस्ताखी!!

रजुली...क्या हुआ, रजुली, राज...?

कटे पेड़-सी जमीन पर गिरती रजुली की अचेत देह को सुधीर ने अपनी बाँहों में समेट लिया था।

होश में आओ, राज। बताओ तो, हुआ क्या? किसी चीज ने काट तो नहीं लिया...देखूँ तो...बूढ़े महुवा के नीचे सुधीर के घुटनों पर सिर रखकर पड़ी रजुली बड़ी कठिनाई से अपनी आँखें खोल पायी थी।

मुझे बचा लीजिए...वह बरम बाबा, देखिए, वे कैसे ऊपर से देख रहे हैं—हे भगवान, हे महावीर जी!

सारा माजरा अब जाकर सुधीर की समझ में आया था।

राम तुम्हारी झूठी बड़ाई के पुल बाँधते नहीं थक रहा था, अभी पिछले

हफ्ते ही तो उसने कितने नाज से कहा था—रणचंडी का अवतार है मेरी बहन, साक्षात लक्ष्मीबाई। ठहरो, तुम्हारे भाई को बुला लाता हूँ—आकर देखे ज़रा अपनी चुहिया-सी बहन को...छिः राज, तुम इतनी डरपोक निकलोगी, मुझे इसका सपने में भी पता होता तो मैं...अरी पगली, मैंने तो तुझे चिढ़ाने के लिए झूठ-मूठ ब्रह्मपिशाच का नाम ले लिया था।

तुम नहीं जानते, माई की बात कभी झूठ नहीं हो सकती। इसी गाछ के ऊपर अजोधिया बाबा का प्रेत...।

सब बकवास है। और यदि सचमुच तुम्हारे अयोध्या बाबा की आत्मा भटकती भी होगी, तो वह गाँव के दुष्टों को दंड देगी, न कि तुम्हारा रास्ता रोककर तुम्हें।

...

अब उठोगी भी! जानती हो, हम दोनों को इस दशा में गाँव के किसी आदमी ने देख लिया तो कहर टूट पड़ेगा।

रजुली को पूरी तरह चेत आ गया था।

छिः, यह उसने क्या कर डाला? सुधीर पर अपने शरीर का पूरा भार डालकर वह न जाने कब से बेसुध पड़ी रही थी। सुधीर क्या सोचेगा? उसे ऐसी-वैसी लड़की समझकर...

वह बिजली की फुर्ती से उठ खड़ी हुई थी—आपको मेरी सौगन्ध, इस घटना का जिक्र किसी से भी नहीं...

बूढ़े महुवा के ब्रह्मपिशाच का वशीकरण सुधीर की आँखों में सिमट आया था क्या? असाधारण रूप से धीमी हो चली उसकी आवाज में कैसी अवश थर-थराहट थी।

राज, इधर देखो, मेरी ओर...

मुँदी हुई आँखों वाला वह निर्दोष चेहरा उसकी हथेलियों के बीच महुवा की दो टहनियों के सिरों पर अँटके चन्द्रमा की तरह सिमटकर रह गया था। लाज के मद में पोर-पोर तक भीगी हुई वह छवि सुधीर को अपरूप लगी थी।

राज, आँखें खोलो, राज।

छोड़िए, मुझे घर जाने दीजिए!

नहीं, ऐसे नहीं, पहले बताओ क्या मैं भी तुम्हें...!

मैं कुछ नहीं जानती। आप साथ चलते हैं या...।

सुधीर का अन्तर्मन उस एकान्त को साक्षी मानकर ज्वार की उन्मदता का रूप ले चुका था।

आज जो कुछ हुआ, वह पहले से निश्चित था। राज, न जाने क्यों, तुम्हें पहली बार देखते ही ऐसा लगा था जैसे जन्म-जन्मान्तर की किसी अधूरी साध ने नया कलेवर धारण कर लिया हो।

तुम्हें नहीं पता, इसी साध की इच्छा लेकर मैं इस गाँव के सिवान से अब तक बँधा हुआ हूँ।

बोलो राज, यह साथ तुम्हें स्वीकार हो, तो मैं कल ही बिरजू काका जी से...!

सुधीर को अपने प्रस्ताव का उत्तर मिल चुका था। सिन्दूरी संकोच से दहकता हुआ चेहरा अपने दोनों हाथों में छिपाकर राज कैसी छुई-मुई-सी हो उठी थी।

आओ राज, घर चलें।

राम की छुट्टियाँ समाप्त हो चुकी थीं। लापुँग लौटने से पहले वह घर का पोख्ता बन्दोबस्त कर जाना चाहता था।

बरसात में दो महीनों की देर है। बाबूजी, अपना छप्पर जगह-जगह से उजाड़ हो गया है। आप अभी से मरम्मती का काम शुरू करवा दीजिए...और रजुली, बोल तो...तुझे कौन-सी चीज सबसे अच्छी लगती है, कान के कनपासे या झूलती हुई बालियाँ।

उसकी माई ने टोका था।

आपन सेहत के धेयान धरिह बबुआऽ, अइसन मत होखे कि सबके मन्सा पूरा हो जाये, आ तू देह खटा के रोगी हो जा!

राम ने हँसकर माँ को समझा लिया था—

मेरी सेहत को कुछ नहीं होगा माई, और सुनो, अपनी राज आगे पढ़ना चाहे तो रोकना नहीं...इसकी किताबों का खर्च मैं वहाँ से नियमित भेजूँगा।

रजुली की माँ के चेहरे पर वही पुरानी सोच उभर आयी थी—बहिन के लगन पर धेयान द राम बचवा, अठारह बरिस के हो गइल...। गाँव-जवार में बात उठताऽ...टोला भर में कनफुसाहट के जोर बा।

राम तिनक उठा था—टोले वालों की चिन्ता मत करो माँ, और फिर इस गाँव ने कष्ट के सिवा तुम्हें दिया भी क्या है। रजुली का भविष्य बनाना हमारा

पहला कर्तव्य है। मैंने सुधीर को सबकुछ समझा दिया है...वह अपनी राज का पूरा ध्यान रखेगा।

कमला मौसी की आँखों ने पहली बार परख की थी। सावन के कजराये हुए मौसम में रजुली कैसी मोहक जिद कर बैठी थी—आपकी रचाई हुई मेहँदी का जवार भर में नाम है मौसी, कनिया चाची भी बता रही थीं—अबकी झूलन वाले दिन मेरे दोनों हाथों में रच-रचकर मेहँदी लगा देंगी न...बोलिए न मौसी...!

दो वर्षों के बाद तीज मनाने की खातिर सुजाता को ससुराल वालों की तरफ से महीने भर के लिए मोहलत मिली थी। गुड़िया-सी सुन्दर उसकी बिटिया दिन-भर घर-आँगन गुलजार किये रहती...। अपनी नानी से भी अधिक कमला के प्रति उसका लगाव देखकर सुजाता अचरज से भर उठी थी—

वहाँ अपनी दादी के सिवा किसी की गोद में नहीं जाती...आपने तो जैसे इस पर कोई जादू-सा कर दिया, बुआ...! खाना, पीना, सोना, सबकुछ आप ही के साथ...। चलिए, अच्छा है, कम-से-कम महीने भर की निश्चिन्तता तो हाथ लगी...। चल राज, अपनी बगीची की ओर चलें...।

कमला मौसी ने सँवारकर मेहँदी लगायी थी...सिल पर पिसी हुई हरी पत्तियों में कत्था मिलाकर दोनों सहेलियों के हाथ भर दिये थे...। सुजाता ने चुहल की थी—देखूँ तो राज, तेरी हथेली...अरे वाह, क्या खूब रंग चढ़ा है—जानती है...मेरी बड़ी ननद कहा करती हैं—जिसकी हथेली पर मेहँदी का रंग खूब टहकार चढ़े, उसका दूल्हा उसे सबसे अधिक दुलार...।

धत्, सुजाता...! ब्याह क्या हो गया, दूल्हा-दुलहिन और घर-संसार के सिवा तेरे पास कहने के लिए कोई दूसरी बात ही नहीं बची...?

क्यों, तुझे कुँवारी रहना है क्या? या कि सती गौरा की तरह किसी महादेव के लिए तप...मुझे बता दे राज...अगर ऐसी-वैसी कोई बात हो तो मैं बुआ से कहकर सबकुछ ठीक करा दूँगी...। बोल न सखी, तेरे मन में किसी का वास है क्या?

अपनी बाल-सखी सुजाता के सामने राज कुछ भी नहीं छिपा सकी थी। सबकुछ सुनकर सुजाता अनायास गम्भीर हो उठी थी—

सुधीर बहुत नेक हैं। हजारों में भी नहीं, लाखों में एक...। लेकिन राज, अपना यह पुरातनपन्थी समाज...चलो, थोड़ी देर के लिए मान लिया कि सुमेर सिंघजी के दबाव में आकर पंचायत वाले इस सम्बन्ध में कोई आपत्ति नहीं करें, लेकिन बाबू जियावन सिंघ? वे जीते-जी इस सच्चाई को स्वीकार नहीं कर पाएँगे कि उनका बेटा उनके बनिहार की लड़की के साथ...।

कमला को बगीची की ओर आते देखकर राज ने जल्दी से वह प्रसंग बदल दिया था। उसकी आँखों की कातर मनुहार देखकर सुजाता ने भी मौन धारण कर लिया था—

तुम्हें मेरी सौगन्ध सखी, अपनी बुआजी को अभी कुछ भी मत बताना। वे और गुरु काकाजी जान जाएँगे तो मैं अपने-आप को सहेज नहीं पाऊँगी। मुझे माई-बाबूजी का उतना डर नहीं, जितना गुरु काकाजी और कमला मौसी जी का। मैंने किसी का विश्वास नहीं तोड़ा है, सुजाता। सच मानो यदि उस दिन सुधीरजी ने खुद ही नहीं कबूला होता तो मेरे मन की यह गाथा गोपन रह जाती—हमेशा-हमेशा के लिए...।

कमला बुआ के लौट जाने पर सुजाता ने उसे समझाना चाहा था—

बाहरी आँखों से तुम अपना बचाव कर भी लो, लेकिन अपने मन से बचकर भागना असम्भव होता है, राज बहन...। मेरी बुआ की कठोर तपस्या तुमसे छिपी हुई नहीं है। तुम्हारे गुरु काकाजी को एक बार उन्होंने मन-प्राणों से वरा था। उस सम्बन्ध के टूट जाने की दशा में उन्हें जितनी चोट पहुँची होगी—उसकी कल्पना तुम कर सकती हो। दादाजी के दबाव में वे किसी अनचीन्हे के साथ ब्याह कर ससुराल गयीं, लेकिन विधाता ने उनके जीवन में घर का सुख लिखा होता, तब तो...। क्या सोचती हो, मेरी कमला बुआ। एकदम काठ-पत्थर की मूरत तो नहीं हैं न...अपने मन को साधने के लिए, अपना मुँह सिलने के लिए कितनी कठोर अग्निपरीक्षा देनी पड़ी होगी उनको...। नहीं राज, तुम उनके दु:खों का अन्दाजा नहीं लगा सकतीं...।

और मेरे गुरु काकाजी, उन्होंने क्या कम सहा है सुजाता...यती हिमालय की तरह अपनी गम्भीरता में ऊँचे, अपने मौन में अडिग सुमेर काकाजी...। तुम्हारी सौगन्ध सखी;...एक ही भय रह-रहकर मेरे प्राणों को दंशित कर रहा है—गुरु काकाजी कहीं यह न सोच बैठें कि मैंने उनका विश्वास तोड़ा है। और माई..., वह इसे घोर पाप कहेगी—जहर खाने, कुएँ-बावड़ी में डूब मरने की बात उठाकर....पूरे घर में भूचाल आ जाएगा सुजाता...मेरा साँस लेना दूभर हो जाएगा और सुधीरजी...वे कितने अलग-थलग कितने असहाय हो जाएँगे...ओह, नहीं सखी...। उनके अनिष्ट की आशंका भी मेरे लिए असह्य है। तुम वचन दो—जीते-जी मेरा यह भेद अपने मन में दबाये रखोगी...। कमला मौसी मेरा आदर्श हैं, सुजाता...। जरूरत पड़ी तो मैं अन्तिम साँस तक सब कुछ मौन सहती रहने का व्रत साध सकती हूँ। वे यहीं रहें—इसी गाँव में—सूर्य को हथेलियों में बाँधने का सपना कभी सच नहीं हो सकता...मुझे अपना प्रारब्ध ज्ञात है बहन...मैं दूर

से ही उन्हें देखकर जीने का अभ्यास पाल सकती हूँ...।

बड़ी विषम परिस्थिति में सुधीर ने वह निर्णय लिया था। राम का मुहर-बन्द लिफाफा उसी के पते पर पहुँचा था—

विधाता के घर देर है, अँधेर नहीं...अब मुझे सुमेर काकाजी के तकिया-कलाम पर विश्वास होने लगा है मित्र...। मेरी बटालियन में बलिया जिले का एक लड़का है—मेरी ही बिरादरी का। प्रकाश नाम है उसका, देखोगे तो चित्त प्रसन्न हो जाएगा। राज की तसवीर देखकर ही वह राजी हो गया है। लेन-देन की कोई बात नहीं...। मेरी छुट्टियाँ बची होतीं तो मैं उसे साथ लेकर गाँव आता...। अगली दीवाली पर उसे भेज रहा हूँ। अच्छा हो कि अपनी रजुली और प्रकाश एक-दूसरे को आमने-सामने देख लें...। तुम वहाँ हो, सारा प्रबन्ध तुम्हें ही करना होगा—राज की बेहतरी तुम और सुमेर काकाजी मुझसे अधिक अच्छी तरह समझ सकते हो...मुझे अपने से अधिक तुम पर भरोसा है।

सुमेर सिंघजी विद्यालय से लौटकर फाइलें दुरुस्त करने बैठे थे—

काकाजी..., छोड़िए भी यह काम-काज। जब देखो, तब विद्यालय के ही नशे में डूबे रहते हैं। चलिए न...थोड़ी दूर तक टहल आया जाये...।

तुम जाओ बचवा, जिला शिक्षा अधीक्षक के कार्यालय से दो-दो पत्र आ चुके हैं। छात्रों की संख्या बढ़ती जा रही है, यह ब्यौरा तैयार करके भेज दूँ तो कम-से-कम दो शिक्षकों की बहाली का आदेश मिल जाये...अगले साल दो कमरों की जरूरत पड़ेगी, उसके लिए भी सरकार के पास लिखा-पढ़ी करनी है। सारे कागज-पत्र तैयार हो जायें तो हम दोनों में से किसी एक को जल्दी ही पटना जाना होगा।

सुधीर को न जाने क्या सूझी थी, उसने झपटकर कलमदान एक किनारे कर दिया था, और मेज पर बिखरे पन्ने फाइल में सहेजकर हठ कर बैठा था—

भगवान के लिए आप उठिए, काकाजी, मुझे आपसे कुछ जरूरी बातें करनी हैं।

क्या बात है सुधीर, विद्यालय की कोई नयी समस्या...?

ओफ्फोह..., काकाजी, जब देखो, तब विद्यालय...क्या मेरी कोई निजी समस्या नहीं हो सकती...आप तो सपने में भी विद्यालय की ही बात सोच-सोचकर मगज खपाते रहते हैं।

अच्छा लो बरखुरदार, सँभालो मेरा चश्मा...उस दराज में डाल दो और मेरे सामने बैठो...जरा सुनूँ तो सही..., यह तुम्हारी निजी समस्या आखिर किस चिड़िया का नाम है?

सुधीर ने राम की चिट्ठी उनके सामने फैलाते हुए लालटेन की बाती उकसा दी थी—

यह तो बड़ा ही शुभ संवाद है सुधीर बेटे, तुमने बिरजू और राम की माँ को बताया या नहीं...।

सुधीर ने कोई जवाब नहीं दिया था—

बात क्या है बेटे...तुम कुछ अधिक परेशान दिखाई पड़ रहे हो। मुझे बताओ...शायद मैं कोई निदान...।

सुधीर ने उठकर बाहरी दरवाजा लगा दिया था—मुझे वाकई आपकी मदद की जरूरत है, काकाजी...।

सबकुछ सुनकर सुमेर सिंघ सन्न रह गये थे—तुम अपने पूरे होशोहवास में तो हो, सुधीर...।

मैं आवेश में नहीं हूँ काकाजी...पिछले तीन वर्षों से लगातार अपने-आप से लड़ता रहा हूँ, मेरे इस निर्णय को अन्तिम मानें...।

और राज...? क्या वह भी...

सुधीर ने सिर झुका लिया था—हाँ, काकाजी उसे मेरा फैसला स्वीकार है। सुमेर सिंघ की पेशानी पर बेशुमार सिलवटें उभर आयी थीं—

आप हमें अपराधी मान रहे होंगे काकाजी...बेशक आपकी निगाह में हम दोनों ओछे और गलत ठहरे होंगे—लेकिन मैंने पूरी सहिष्णुता के साथ यह तय किया है, राज को अपनी विवाहिता पत्नी के सारे अधिकार दूँगा—पूरे मान-सम्मान के साथ चार पंचों के सामने उसका वरण...।

तुम्हारा दुस्साहस अदम्य है बचवा! मेरी निगाह में न तो तुम ओछे हो और न ही तुम दोनों ने कोई दोष किया है। मुझे सोच है तो बाभन टोले के पोंगापन्थी बूढ़ों का और सबसे अधिक तुम्हारे पिता का। जियावन इसे नहीं सह पाएगा...सुधीर...उसके कोप की गाज तुम दोनों पर गिरेगी...।

सुधीर ने अपने सुमेर काका की दोनों हथेलियों को मुट्ठी में जकड़ लिया था—आप बिरजू काका और काकी को समझा-बुझा लीजिए काकाजी...मुझे बाबूजी या ब्राह्मण टोले के किसी पुरातनपन्थी बुजुर्ग का कोई डर नहीं...।

फिर भी सुधीर, इस गाँव के जकड़े हुए सोच की दशा से तुम अच्छी तरह परिचित हो...बड़का टोले और बनिहार टोले के बीच कोस भर का नहीं..., कई-कई युगों का फर्क है...तुम्हारा वजूद इतना बड़ा तो नहीं कि एक झटके में तुम इस खाई को पाट सको...और यदि तुमने ऐसा सोच भी लिया, तो राज का क्या होगा? उस दुर्बल बच्ची पर अकारण सबकी प्रताड़ना भरी दृष्टि उठेगी...बताओ

तो, इस गाँव में रहती हुई क्या वह सामान्य जीवन जी सकेगी?

तो आपका मशविरा यह है कि मैं और राज इस गाँव को छोड़कर कहीं और...लेकिन यह तो पलायन होगा, काकाजी! आप जीवन भर अन्याय और असत्य के आगे खम ठोंककर खड़े रहे। आज मेरी पारी आयी तो...।

मुझे सोचने का मौका दो, बेटा...। तुम्हारी समस्या का अचानक समाधान मेरे बूते का नहीं। जाओ, जाकर सो जाओ। कल देखा जाएगा...।

सुमेर सिंघ सारी रात सो नहीं सके थे। पौ फटने से पहले ही उन्होंने एक निश्चय किया था...अपने ओसारे पर मूँग की डोरी बटते प्रभाती के बोल गुन-गुनाते बिरजू उन्हें ऐन सामने खड़ा देखकर अचरज से भरे उठ खड़े हुए थे—

सुमेर भाई, इतनी भोर में? सब कुशल-मंगल तो है?

उन्होंने सिर हिलाया था—मेरे साथ सिवान तक चलो बिरजू भाई, तुमसे अकेले में कुछ जरूरी सलाह-मशविरा करना है।

बिरजू बिना एक शब्द कहे उनके साथ चल पड़े थे—

मेरे सुधीर के बारे में तुम्हारा क्या खयाल है भाई...।

चन्द्रमा में दाग हो सकता है लेकिन अपने सुधीर बबुआ में नहीं...लेकिन यह बात आप मुझसे क्यों पूछ रहे हैं सुमेर भाई, वह भी इस बखत, यहाँ सूने में आकर...

सुमेर सिंघ अपनी रौ में थे—एक वचन दो...अपनी राज बिटिया को मुझे सौंप दोगे...।

बिरजू की हैरानी का पारावार नहीं था—कौन नहीं जानता कि रजुली पर मुझसे बेसी आपका हक है भाई, लेकिन आप कौन-सी बुझौवल बुझाना चाहते हैं, खुलासा क्यों नहीं कहते...।

सुधीर और राज—दोनों एक-दूसरे को पसन्द करते हैं बिरजू भाई...इन बच्चों की खुशहाली के लिए ही मैं यह प्रस्ताव लेकर आया हूँ...।

भोर की पहली किरण बिरजू के स्याह पड़े चेहरे को छूती हुई दूर छिटक गयी थी—आप बावले तो नहीं हो गये हैं सुमेर भाई...! बनिहार टोले की मामूली-सी धिया, राजपुताने की पुतोहू बनने का सपना देखे। ऐसी अनहोनी खबर...आप मुझे दे रहे हैं। जीते-जी मेरी अरथी उठवाने का विचार है क्या?

बिरजू दोनों हाथों से अपना सिर थामे वहीं खेत की मेड़ पर धम-से बैठ रहे थे।

मैं जानता था, आप घबड़ा उठेंगे...। कल सुधीर का फैसला सुनकर मेरे सोच ने भी मुझे समूची रात का रतजगा सौंप दिया था। उठिए, बिरजू भाई, अपना

मन-मिजाज स्थिर करिए...मेरे घर चलिए...वहीं बैठकर...।

बिरजू का मानसिक सन्तुलन पूरी तरह डाँवाडोल हो चुका था—बिच्छुओं की तरह टेढ़ी-मेढ़ी आकृति वाले ढेर सारे सवाल उनके दिमाग की तहों में कुलबुलाने लगे थे...। सन्देह और दुर्भावना की अनेक परतें उनके पूरे वजूद को आक्रान्त करने लगी थीं—

अकेले सुमेर सिंघ उनका बचाव किस तरह कर पाएँगे? बिरादरी वाले पूछेंगे...ऊँची जात का बच्चा-बच्चा बदले के लिए उतारू हो जाएगा। गाँव में उनकी जिन्दगी मौत से भी बदतर हो जाएगी। अपमान और जहालत की चौतरफा मार वे झेल पाएँगे क्या?

सुमेर सिंघ के साथ बिरजू को अपनी ओर आता देखकर सुधीर भौंचक्का-सा रह गया था—तो क्या काकाजी ने...वह सिर झुकाये कोठरी से बाहर निकल जाना चाहता था। सुमेर सिंघ ने दूर से ही आवाज लगायी थी—

सुधीर, कहीं जाने की जरूरत नहीं...। तुम वहीं ठहरो...हम अभी आते हैं। आइए बिरजू भाई...यहाँ विराजिए, इस चारपाई पर...। सुधीर, आओ! तुम भी बैठो...।

सुधीर को लगा था—सुमेर काका की अदालत में बिरजू फरियादी बनकर बैठे हों—

दोहाई ठाकुरजी की, राजपूत टोले के इस छोकरे ने हमारी भोली-भाली धिया को फुसलाकर...।

स्वयं को शातिर अपराधी की भंगिमा में पाकर उसकी गर्दन संकोच से झुकी जा रही थी।

छिः, काकाजी को यह क्या सूझी। स्वयं स्थिति सँभाल नहीं सके तो मुझे बीच में बिठाकर...।

सवाल बिरजू की ओर से ही उठा था—

जो कुछ तुमने सोचा है—उसका परिणाम जानते हो, बबुआ? हम गरीब-गुरबा सही, लेकिन हमारी भी एक मरजाद है। ब्याह, कठपुतलियों का खेल नहीं...बहुत बड़ा शुभ कारज होता है—माँ-बाप, कुटुम्ब की मरजी, सबकी राजी-खुशी से एक नयी जिनगी शुरू की जाती है...इस अनहोने रिश्ते के लिए तुम्हारे घर-परिवार वाले कभी हामी नहीं भरेंगे...। ज़रा सोचो, बाबू जियावन सिंघ के ऊपर क्या गुजरेगी...मेरे बारे में उनका मन कितना अनरथ सोचेगा—जिस घर का नमक खाकर बरसों बनिहारी की, सबकी सेवा-टहल की, उसी घर में अपनी बेटी को ठकुराइन की जगह दिलाने की कुचेष्टा...। गाँव-भर मेरे नाम पर थूकेगा

बचवाऽ, पाँव की पनही माथे की पाग बनने का सपना कभी नहीं सँजोती...कभी नहीं...।

बिरजू कन्धे का अँगोछा मुँह पर रखकर धीरे-धीरे सिसकने लगे थे।

सुधीर की हतप्रभता उसे कैसी स्तब्धता सौंप गयी थी।

कौन कह रहा है कि आप जैसे लोग पाँव की पनही हैं, बिरजू भाई...। अपने-आप को इतना छोटा करके मत सोचिए...। माना कि किताबी विद्या आपके पास नहीं है, लेकिन अनुभव की दुनिया में आपका इस गाँव-जवार में कोई जोड़ नहीं...। हम पूछते हैं सात गाँव में कौन ऐसा अकेला मानुस होगा, जिसे कबीर के सबद, बीजक, रमैनी...सबकुछ कंठस्थ हो चुके हैं। आपने सन्तों की आत्मा को अपने भीतर धारा है, बिरजू भाई। आपके लिए मेरे मन में कितनी ऊँची जगह है, यह मैं आपको नहीं समझा सकता।

सुमेर सिंघ ने आगे की ओर झुककर बिरजू की उद्विग्नता को शान्त करने की कोशिश की थी—

आप हमारा साथ दीजिए भाई, आपके मौन समर्थन के सिवा हमें कुछ भी नहीं चाहिए...। आपसे कुछ भी छिपा हुआ नहीं है, सुधीर मेरा अपना अंश है। जियावन का बेटा है तो क्या, इसके अंग-प्रत्यंग में मेरे सपनों की गझिन बुनावट है, यह मेरी ही इच्छाओं का दूसरा रूप है। और आपकी राज, क्या उस पर मेरा इतना-सा भी हक नहीं बनता कि मैं उसे अपनी पुतोहू बनाकर इस कुटिया में ला सकूँ...। आप हाँ कहें बिरजू भाई, मेरा इतना-सा प्राप्य मुझे दे दें, फिर देखें... मैं इन दोनों बच्चों की सुख-शान्ति के आगे रक्षा-कवच बनकर डट जाऊँगा। किसकी मजाल है जो...।

बरस चुके बादलों का धुँधलापन हट जाने के बाद धूप की चमक से खिल गये आकाश की तरह बिरजू की दोनों आँखों में एक नयी आभा जन्म ले चुकी थी—

आओ बिरजू भाई, गले मिलकर इस रिश्ते की पहली गाँठ तो पक्की कर डालें...। अरे मेरे बावले बेटे...ऐसे मुँह नहीं देखते, जाओ कनस्तर में से गुड़ की भेली निकालकर ले आओ...अपने सीधे-सादे समधी जी का मुँह तो मीठा कर दूँ...।

बिरजू ने झुककर सुमेर सिंघ के पाँव छू लिये थे—अपनी आत्मा आपके हवाले कर रहा हूँ बड़े भाई, मेरी रजुली को अभाव के सिवा कभी कोई सौगात नहीं मिली...उसका दुःख-दलिद्दर दूर हो...मेरे पाले भगवान से इस अरदास के सिवा और है भी क्या?

सुमेर सिंघ का रोम-रोम शहद की-सी मिठास बरसाते सुख की पहली फुहार से ओत-प्रोत था। गोबर-माटी की ताजा लिपाई से चमकता हुआ ओसारा और आँगन होगा...गेरू और चूने से उकेरे गये गणेश लक्ष्मी, मोर-हंस और स्वस्तिक के चित्रों से भीतरी दीवारों की सजावट कितनी मोहक हो उठेगी...। बंजारों की तरह अनियमित चाचा-भतीजे की रसोई का क्रम कितना सहज हो जाएगा। सुबह-साँझ रसोई से उठता हुआ धुआँ..., मसालेदार सब्जियों की, खीर और हलुवे की सोंधी-सी सुगन्ध...। उनके मन प्राणों में छिपे एक-दूसरे सुमेर ने आह्लाद से झूमते हुए निष्कर्ष दिया था—बस, एक लड़ाई और...फिर, तुम भी घरबारी होने की अपनी साध पूरी कर सकोगे...। आँगन में किलकारियाँ भरते बाल-गोपाल...रोज सुबह पाँव पर झुककर आँचल की खूँट माथे से लगाती असीस लेती राज का फूल-सा खिला हुआ मुखड़ा...।

सुधीर ने तनिक सकुचाई हँसी हँसते हुए सुमेर सिंघ के कन्धों पर दोनों हाथ रखकर उन्हें चैतन्य किया था—

दिन के उजाले में कौन-सा सपना सहेजने चले हैं, काकाजी...? यह अचानक कहाँ खो गये आप...?

अरे...धत्त तेरे की...। मेरा बावलापन देखो ज़रा, कहावत है न....गाछ पर कटहल मुँह में तेल...तुमने उस वृद्ध ब्राह्मण की कथा सुनी होगी बिरजू भाई...सत्तू की एक निहायत छोटी-सी गठरी उसके पास थी और वह सारी दुनिया की खुशियाँ मोल लेने चला था...।

बिरजू ने गम्भीरता से उसाँस भरते हुए उनकी बात पूरी की थी, लेकिन उस बूढ़े बाभन के सपने तो बरबाद हो गये थे—भाई, रामजी न करें...।

तुम अपने मन से किसी भी आशंका को निकाल दो बिरजू भाई, निश्चिन्त होकर अपने घर जाओ...। हाँ, एक बात जरूर है, अभी राज की माँ या किसी और से इस बात का जिक्र करने की कोई आवश्यकता नहीं...। मैं अपने ढंग से चुपचाप सबकुछ निपटाना चाहता हूँ...।

सुधीर ने राम के पत्र का उत्तर लिख भेजा था—तुम्हारे गुरु काकाजी ने इस सम्बन्ध में कुछ दिनों तक प्रतीक्षा करने के लिए कहा है। अगली छुट्टी में जब तुम आओगे, तभी वे तुमसे आमने-सामने बातचीत करेंगे...। इसलिए अभी इस सिलसिले में कहीं भी बात आगे बढ़ाने की कोई आवश्यकता नहीं...।

बालापुर वाली माघ के एकादशी-व्रत वाले दिन गंगा-स्नान करके गाँव लौट रही थीं तो रास्ते में सुधीर ठीक सामने पड़ गया था, बक्सर के डाकघर में विद्यालय की जरूरी चिट्ठियाँ रजिस्ट्री करने के लिए जा रहा था...

अम्मा, तुम?

माँ के सूखे हुए चेहरे पर पीड़ा की अनगिनत लकीरें देखकर उसका मन भीतर तक भीग गया था।

तुम बीमार थीं अम्मा, यह कैसी दशा हो गयी है तुम्हारी?

पैरों पर झुके हुए बेटे की ऊँची कद-काठी को अपनी दुर्बल बाँहों में समेटने की कोशिश करतीं वे फफककर रो पड़ी थीं।

तूने हमारी सुध ली? हम जिन्दा भी हैं या...?

ऐसा मत कहो अम्मा, बाबूजी का स्वभाव जानती हुई भी...सित्तू और मनसुखा से पूछ लेना, मैं रोज उनसे तुम्हारा कुशल-मंगल पूछे बिना नहीं रह सकता। मनसुखा ने ही बताया था—मतवा जी रोज-रोज बरत-उपवास रखने लगी हैं। सारा-सारा दिन बस पूजा पाठ, देवता-पितर। मलिकार के डर से दान-पुन्न नहीं कर पातीं...फिर भी नगीना पंड्डीजी की बूढ़ी माँ को पिछुवारे में बुलवाकर चुपके-से कुछ-न-कछ...

इतना बीहड़ तप किसलिए अम्मा, भगवान ने पहले से ही क्या कम दुःख दिये हैं तुम्हें, फिर भी तुम...

बालापुर वाली की धर्मभीरुता ने उन्हें भीतर तक सिहरा दिया था। ऐसी उल्टी बात नहीं कहते, बबुआ! कवन जाने, किन जनमों का पाप इस जनम में हमारी साँसत का कारन बना है। अवधेश को काल कोठरी और घर-बार रहते हुए भी तुम्हारा बनवास...कोशिला रानी को तो फिर भी एक आस थी, चउदह बरिस पर उनके राम-लछुमन पलट आये थे, मेरी तपस्या की मरजाद इस जिनगी में पूरी हो पाएगी कि नहीं, गंगा मइया जानें।

सुधीर ने सरसों की टहनी-सी नाजुक अपनी माँ को कसकर जकड़ लिया था, मुझसे बहुत नाराज हो न अम्मा, मैंने ही अवधेश भइया की धर-पकड़ करवायी...बाबूजी को बुरा-भला कहा लेकिन अम्मा...याद करो, वह तुम ही थी न, जो बचपन में मुझे बार-बार सिखाया करती थी—

पापी अगर तुम्हारा सगा भी हो, तब भी उसे बढ़ावा मत दो, बचवा! पाप से दूर हट जाओ...सीधी-सच्ची जिन्दगी की कोख में ही सुख-शान्ति का मोती पला करता है।

बालापुर वाली के मुँह से एक निःश्वास फूट पड़ा था। अपने-अपने करम का लेख है बचवा, जनम देने भर का दाय हमारा था। लकीर खींचने वाला तो कहीं लुका-छिपा हुआ था न...मँझधार में डोंगी को डाल देने के बाद मल्लाह का कोई बस नहीं चल पाता...रामजी की मरजी, तकदीर किसे किधर बहा ले

जाएगी, कोई नहीं जान पाता। बड़कू बालकपने से बाप की उँगली पकड़कर उनकी निठुराई का ककहरा पढ़ता रहता था, दया-माया से कोसों दूर, मार-पीट की बुद्धि लेकर बबूर वन की तरह पनपता चला गया....हमने देवता-पितर को कितना गोहराया...हे भगवान, हमारे अवधेश को सुबुद्धि दो, उसकी मति-गति सुधारो...कहाँ, कुछ भी तो नहीं हुआ...हम छठ-बरत करते रहे और वह जेहल की राह पर बढ़ गया।

लेकिन अम्मा, तुम्हीं कहो, मेरा कसूर?

तुम मरद-मानुस हो बचवा, तुम्हारा कसूर सिरफ इतना है कि तुम राजपूत टोले के दूसरे पुरुखों की तरह भाले-गँड़ासे की, तलवार-तमंचे की बोली नहीं बोलते...तुम्हारा सुभाव गंगाजी की धार जैसा है...अब हमें भी परतीत होने लगी है, आज के जमाने में जरूरत से ज्यादा सीधा-सच्चा होना भी सराप है। इसी पाप का दंड हम भोग रहे हैं, यही दोष तुम्हारा भी है। हमें सन्तोष एक ही बात का है, भाई जी जैसे देवता की सोहबत तुम्हें मिली है, हम तुम्हारी ओर से निश्चिन्त हैं, बबुआऽ।

सुधीर ने तनिक झिझकते हुए पूछ लिया था—बाबूजी, ठीक तो हैं न अम्मा!

पिंजरे का पाखी कितना सुखी हो सकता है? दालान से ओसारे तक उनका संसार सिमटकर रह गया है—न गीता-रामायण, न गंगा-असनान...दिनभर अपनी खटिया पर पड़े छत की धरन को एकटक निहारते रहते हैं। साँझ को खलिहान की टोह ले ली, बनिहारों का हिसाब-किताब लगा दिया, इतना ही बहुत समझो।...

अच्छा, बबुआ!

बड़का टोले की ओर धीमे कदमों से बढ़ती अपनी माँ को अपलक देखता सुधीर देर तक वहाँ खड़ा रह गया था।

सुमेर सिंघ ने संक्षेप में सबकुछ बताते हुए कमला की राय जाननी चाही थी।

कितनी अच्छी बात होगी। आप संन्यासी से घर-बारी हो जाएँगे।

तुम्हारे परिहास के पीछे छिपी कचोट को मैं अच्छी तरह पहचानता हूँ, कमला...। तुम यही कहना चाहती हो न कि मैं तुम्हें...

अरे, आप नाहक दु:खी हो गये...मैंने तो यूँ ही कह दिया। मेरा कोई अभिप्राय थोड़े ही था।

तुम्हारा कोई अभिप्राय भले ही नहीं रहा हो—लेकिन इस जन्म में जो

गुरुतम अपराध मैंने किया है, उससे मुक्ति की कोई दिशा भी तो नहीं। आज तुम्हें अपने मन की एक गूढ़ कथा सुनाना चाहता हूँ। कमला, सुनोगी? उस दिन चन्द्रग्रहण के बाद गंगा-स्नान करके तुम लौट रही थी, तो तुम्हें मैंने बरसों बाद देखा था। भींगी केशराशि के बीच हिम-धवल तुम्हारा वह सौन्दर्य! मुझे देखकर तुमने अपनी आँखें झुका ली थीं—पाले से क्षत-विक्षत कमलिनी जैसे अपने दंड पर आधी झुक गयी हो। मेरी आत्मा पहली बार एक भयावह आर्तनाद से भर उठी थी—तुम्हारे विनाश का कारण मैं ही था—केवल मैं! दो अधूरी जिन्दगियों की सलीब अपने कन्धों पर ढोता हुआ मैं हर दिन अपनी प्राणशक्ति की छीजन को महसूस करता रहा हूँ। मुझे पता है, तुम्हारा मन मेरी ओर से तनिक भी मलिन नहीं...फिर भी न जाने क्यों, मेरे मन को एक ही एहसास बार-बार गहनतम पीड़ा पहुँचाता रहता है—अपनी-अपनी कुंठाओं के लौह कपाटों में जकड़े हुए अस्थिशेष होकर बिखर जाना ही क्या हमारी अन्तिम नियति होगी? नहीं कमू, नहीं, सुधीर का घर बस जाये...रजुली के दाय से मुक्ति मिल जाये...इन दोनों को विद्यालय का सारा भार सौंपकर हम किसी अज्ञात दिशा के पथिक बन जाएँगे। जानती हो, मेरी अगेही आकांक्षाओं को पहाड़ों की तलहटी में बने एक नन्हे-से कुटीर की तृषा है। कई जन्म जिस चीवर के सन्धान में बिताये हों—उसे उत्तरीय की तरह कन्धे पर झुलाते हुए, शिलाखंडों के ऊबड़-खाबड़ सोपान पर आगे बढ़ते हम चीड़ और देवदार वनों के बीच होंगे! हमारा अग्निस्नान व्यर्थ नहीं जाएगा कमला, इस दहिवर गाँव के नये प्रारूप की विरासत सुधीर और राजमती के हाथों सौंपकर हम यहाँ से अवकाश लेंगे...शून्य की विराटता को अपनी वेदना का चिरसंचित अंश सौंपने के लिए। भक्तिरूपा तुम...और तुम्हारी सरलता को अपनी चेतना का पाथेय मानकर चिर समाधि की आकांक्षा रखनेवाला वानप्रस्थी यती मैं! आयु के इस मोड़ पर साँसों की अन्तिम थाती तुम्हें सौंपकर निश्चिन्त मरना चाहता हूँ।

कमला की आँखें आषाढ़ के बादलों का प्रतिरूप बन बैठी थीं—

कौन कहेगा कि तुमने फौज के कठोर अनुशासन में अपनी जिन्दगी के अनमोल बीस साल बिताये हैं—काश कि अभी तुम अपना मुख किसी आईने में निहार पाते। मेरे सामने दहिवर उच्च विद्यालय के प्रधानाचार्य सुमेर सिंघ नहीं, कोई परमहंस आ बैठे हैं...दुःख की अग्नि में तपकर सुवर्ण की तरह चमकते हुए सिद्ध पुरुष। कमला की पुलक भरी अपलक दृष्टि में, भीगते सुमेर सिंघ सचमुच किसी अलौकिक दुनिया के निवासी हो गये थे।

सच, अब मुझे भी प्रतीत होने लगा है—अलौकिकता की ओर जाने की

सारी दिशाएँ इसी संसार के भीतर से खुलती हैं—तुम अपने-आपको अकारण ही दुःख दिया करते हो—निरासक्ति का सुख पाना हो तो हर अन्तर्विरोध के बीच सन्तुलन रखना सीख जाओ...लोकजनित बाधाएँ तुम्हारे लिए बड़ी होंगी—मनोमय जगत में सबकुछ कितना पारदर्शी होता है। अनुराग को आत्मा के दिव्य बन्धन की तलाश होती है—जन्म और मरण इसकी सीमाएँ नहीं, लौकिकता इसकी शर्त नहीं, अपवाद का इसके लिए कोई भी अर्थ नहीं! जानते हो, मैंने तो आभा के एक बिन्दु को—एकमात्र बिन्दु को जीवन का पर्याय बनाकर जीना सीख लिया है, इससे बड़ा नाता कोई दूसरा भी हो सकता है क्या?

...

अरे, उठिए भी परमगुरु जी महाराज, विद्यालय की छुट्टी का समय हो चुका है—ऐसा अनूठा शास्त्रार्थ रोज-ब-रोज छिड़ जाये तो हो चुका निबाह।

बालापुर वाली ने खबर भिजवायी थी—भागलपुर जेल से चिट्ठी आयी है, अवधेश की तबीयत बहुत खराब है।

सुधीर ने सुमेर सिंघ की ओर प्रश्न भरी निगाहों से देखा था—

मेरी मानो, तो तुम बड़कू को एक बार देख आओ सुधीर...दवा-दारू डॉक्टर-वैद्य जैसी जरूरत हो...खुद से सारा प्रबन्ध करके आओगे तो मेरी भी तसल्ली होगी। साँस की तकलीफ फिर जोर पकड़ रही है, नहीं तो मैं भी तुम्हारे साथ...

दूसरे दिन शाम को सुधीर वापस लौट आया था।

बड़कू की स्थिति बहुत अच्छी नहीं है, काकाजी! भागलपुर का मेरा एक मित्र वहाँ के जेल अधीक्षक का भानजा है, उसकी मार्फत सारा प्रबन्ध ठीक-ठाक हो गया, लेकिन जेल के अधिकारियों ने बताया—अपराधकर्मियों के साथ मिलकर पिछले साल बड़कू ने सींखचे तोड़ने की कोशिश की थी, बारूद बिछाकर मुख्य दरवाजा उड़ाना चाहा था—उसके बाद थोड़ी सख्ती बरती जाने लगी तो अपराधी कैदियों के साथ गाँजा और चरस की लत लगा बैठे। जेल के डॉक्टर ने बताया है—बड़कू के दोनों फेफड़े एकदम छलनी हो चुके हैं। उसे सँभाला नहीं गया तो...

सुधीर के मन में अपने बड़े भाई के लिए तनिक मोह उपजा है, यह जानकर सुमेर सिंघ को अच्छा लगा था—

अब भी समय है सुधीर, तुम्हारी कमला मौसी के मामा पटना उच्च न्यायालय में मुख्य न्यायाधीश होकर आये हैं! उनसे सलाह-मशविरा किया जा सकता है। अगर कमला राजी हो जाये तो आपसी सुलहनामे या और किसी भी तरकीब से अवधेश को छुड़ाकर...अच्छा, अभी कुछ दिन और ठहर जाने दो! तुम्हारा ब्याह निर्विघ्न सम्पन्न हो जाये उसके बाद...।

सुधीर के चेहरे पर गहरे पछतावे का मलाल था—आप सचमुच साधु पुरुष हैं काकाजी, जानते हैं—अवधेश की नीयत में तनिक बदलाव नहीं आया। मुझे देखकर सिर के बाल नोंचते हुए अपनी रिहाई की फरियाद करने लगे थे। मेरा जी हुआ था, उसी समय ऐसी कोशिश करूँ कि उनकी रिहाई का आदेश हो जाये लेकिन दूसरे ही क्षण मुझे अपना मन बदलने के लिए विवश होना पड़ा था। दाँत पीसते हुए सीखचों को अपनी हथकड़ी की ठोकर मारकर सहसा उबल उठे थे...बाहर निकलते ही रँगीले और ईसुरी को गोली से भूनकर नहीं मारा तो मेरा नाम नहीं। उस गिरोह का सफाया करके अपना एक नया गिरोह खड़ा करना होगा।

—आप कुछ भी कहें काकाजी, मुझे तो बड़कू की मानसिक स्थिति पर भी सन्देह होने लगा है। बाबूजी की शतरंज का सबसे निरीह प्यादा बनकर रह जानेवाली उनकी अपनी ही सन्तान आज किस हालत में पड़ी है, काश, कि उन्हें ले जाकर दिखा पाता...वहशियों जैसी खतरनाक आँखें। देह में शक्ति नाम मात्र की नहीं बची है, लेकिन चम्बल घाटियों का दुर्दान्त दस्यु बाबूजी की शेखी भरी किस्से-कहानियों से बाहर निकलकर बड़कू की आँखों में हमेशा-हमेशा के लिए पनाह ले चुका है।

तुम बाबूजी से कहना सुधीर, इस बार एम.एल.ए. के चुनाव की तैयारी करें—इन दीवारों के भीतर भी मैंने जो आमदरफ्त बढ़ायी, उसका फायदा उन्हें मिलेगा, इस बार उनके हारने का सवाल ही नहीं पैदा होता। बस, मैं किसी तरह यहाँ से छूट जाऊँ फिर देखना...

सुमेर सिंघ ने जियावन को आखिरी बार समझाने के लिए मन बाँधा था—

अरे आप, जेठ जी...बालापुर वाली ने जल्दी से लम्बा घूँघट निकाल लिया था और दालान का दरवाजा खोलकर झटपट अँगनाई की ओर निकल गयी थी।

कैसे हो छोटकू—अरे भाई, भरी दोपहरी में सारी खिड़कियाँ, रोशनदान तक बन्द करके पड़े हुए हो। तुम्हारा जी नहीं ऊबता, खामख्वाह क्यों अपनी

सेहत के साथ खिलवाड़ करने चले हो।

जियावन सिंघ कैसी अपरिचित निगाहों से उन्हें देखते हुए उठ बैठे थे।

बड़कू, आप?

तुम्हारा स्वास्थ्य ठीक नहीं है न...कैसी हालत बना रखी है तुमने? जियावन, क्यों अपने-आपको इतनी बड़ी सजा देने चले हो। अब भी कुछ नहीं बिगड़ा, भोर के भूले का साँझ ढले घर लौट आना ही जिन्दगी की सबसे बड़ी सीख होती है...

बालापुर वाली उनके सत्कार में गर्म दूध से भरा कटोरा सामने रखकर एक किनारे हट गयी थी—

जियावन सिंघ की थकी हुई आवाज में वही पुराना अक्खड़पन था— वैसी ही बेलौस शब्दावली—

अवधेश की अम्मा, इनसे पूछो यहाँ किसलिए आये हैं? इतने कांड करके जी नहीं भरा? अब, क्या लेने के लिए...?

पछतावे की आँच में सुलगकर आदमी की काया, उसका मन कंचन हो जाता है—मैंने सोचा था कि तुम अब तक अपने-आपको अच्छी तरह थाह चुके होगे...गाँव-जवार से अलग-थलग इस दालान में चुपचाप पड़े साल भर से अज्ञातवास की पीड़ा झेल रहे हो...कम-से-कम अब तो चेत जाओ।

तुम्हारी झूठी हमदर्दी की यहाँ किसी को कोई जरूरत नहीं—बड़कू, जो कहने आये हो, कह दो और चलते बनो।

सुमेर सिंघ ने बिना किसी भूमिका के अपनी बात कह सुनायी थी...

तो तुमने इतनी दूर तक पासा फेंक डाला। इसे कहते हैं आस्तीन का साँप। मेरी सम्पन्नता का सुख नहीं देखा गया था तो मुकदमेबाजी का चक्कर चलाकर जायदाद में दखल कर बैठे...अवधेश को जेल भिजवाकर भी तुम्हें चैन नहीं आया...अब उस दो कौड़ी के बनिहार की छोकरी से सुधीर का ब्याह करवाने चले हो! बड़का टोले वालों के सामने मेरी नाक हमेशा के लिए कट जाये...यही चाहते हो न। उठो, मैं कहता हूँ, अभी निकलो मेरे घर से...। बालापुर वाली, ले जाओ यह दूध का कटोरा...। इस विषधारी को दूध पिलाने चली थी तुम...

सुमेर सिंघ छोटे भाई को समझाने का एक भी मौका चूकना नहीं चाहते थे...तुम्हें बहुत बड़ा भ्रम हुआ है जियावन...। दरअसल सुधीर और राज दोनों एक-दूसरे को...यह सुयोग सबसे अच्छा है। भाई, तुम झूठा अभिमान भुलाकर प्रायश्चित्त करो...दोनों को आशीर्वाद देकर गाँव-जवार में यश के भागी बनो...!

मेरे यश-अपयश की चिन्ता तुम्हें कब से होने लगी? बगुला भगत कहीं

के...मुझे सब पता है...विद्यालय की पढ़ाई-लिखाई तो एक बहाना है। अपनी कोठरी में बलिराम सिंघ की उस विधवा बेटी कमला के साथ दिन-दिन भर कौन-से गुलछर्रे...

जियावन...तुम्हें तनिक भी लज्जा नहीं। कमलाजी के लिए ऐसे कुत्सित विचार...तुम्हारे मन में हैं...। सुधीर ठीक ही कहता है—

जियावन सिंघ का उन्माद अपनी चरम सीमा पर पहुँच गया था—

खबरदार, यदि सुधीर को बरगलाकर उसका जीवन बरबाद करने की सोची। याद रहे बड़कू, मेरा कोप चढ़ जाएगा तो...

बालापुर वाली ने अपने जेठ के सामने पहली बार मुँह खोला था।

रजुली जैसी गुनवन्ती धिया इस गाँव में दूसरी नहीं, लेकिन भाईजी जात-बिरादरी के सामने अपने पुरखों-पुरनियों के सामने धरम के नाम पर हम कवन मुँह लेकर जाएँगे। हमारी आकबत...अवधेश की जेहल-बन्दी के बाद वैसे भी पूरा टोला हम लोगों को दूध में पड़ी माखी की तरह...

सुमेर सिंघ कनिया की ओर मुड़े थे—हर आदमी अपने भले-बुरे कर्मों की जवाबदेही ढोता है, कनियाऽ। तुम दूसरों की चिन्ता मत करो। इस गाँव में ऐसे लोगों की कमी नहीं जो दूसरों की बढ़ती देखकर जलते-भुनते रहते हैं और निन्दा का एक भी मौका चूकना नहीं चाहते...। मैं पूछता हूँ—किस घर में खोट नहीं है—किसके आँगन में बुराइयों की अमावस नहीं उतरती? जात-पाँत के पचड़े से ऊपर आदमी की अच्छाई ही उसकी सबसे बड़ी पहचान है, बहुरिया। तुम तो इतनी समझदार हो...अपने मन को पोख्ता करो और...

जियावन सिंघ झपटते हुए सुमेर सिंघ के ऐन सामने आ गये थे—

तुम भीतर अपनी कोठरी में जाओ मलकिनी...ये बातें तुम्हारे सुनने-समझने की नहीं हैं। तुम क्या जानो कि...

बालापुर वाली की हमेशा दबी रहने वाली महीन आवाज में आश्चर्यजनक तब्दीली थी—

यही कहकर तो आप जिनगी भर हमारी साँसत करते रहे हैं—यह मत करो, यहाँ मत जाओ! अब हमारी समझ में आने लगा है—दस बरिस पहिले जेठ जी की बतायी राह पर चलने का जतन हुआ करता, तो आज इस घर की ऐसी दशा नहीं...

जियावन ने दाँत पीसते हुए कोने में रखी पीतल की मूठवाली छड़ी उठा ली थी—पाँव की पनही को माथे पर चढ़ाओ, तो यही कुफल होगा। दरिद्र की बेटी, यहाँ आकर पूरे राज-पाट की मालकिन बन बैठी तो आँख पर चरबी चढ़

गयी है...? मैं कहता हूँ बन्द करो अपनी यह जबानदराजी और इस दालान से हटो, भीतर जाओ।

अपमान के तीखे आवेश से बालापुर वाली का चेहरा लाल-भभूका हो उठा था—

हाँ, ठीक कहते हैं आप, पाँव की पनही जैसा हमारा यह तिरिया जनम...। लेकिन सुधीर के बाबूजी, पनही की कील-काँटी उखड़ जाये तो पाँव में जखम भी तो हो सकता है न! दिन-रात निठुराई से रौंदते जाने के बाद भी पनही पाँव के सुख का कारन बनी रहे—यही चाहते हैं न आप। ठीक है, हमारे नइहर में इतना खेत-बघार नहीं था, लेकिन हमारे बाप-पितिया भिखारी नहीं थे...उनके पास सबसे बड़ी पूँजी थी, साहस और सदाचार की। वे लोग...

जबान लड़ाती है—बदजात...।

खटाक! पीतल की बड़ी-सी मूठ का भरपूर निशाना बालापुर वाली के माथे की ओर था। सुमेर सिंघ ने बिजली की-सी फुर्ती से आगे बढ़कर छड़ी को अपनी बाँह पर रोक लेना चाहा था। पूरी ताकत से किया गया वह वार पलक झपकते ही अपना असर दिखा गया था। सुमेर सिंघ की कनपटी से रिसती हुई रक्त की धार उनके पीले खद्दर के कुरते को भिगाती चली गयी थी। बालापुर वाली चौखट के लोहे-से टकराकर नीचे अँगनाई में अचेत जा गिरी थीं...। सित्तू और सरजू गोहाल घर से दौड़ते हुए आ गये थे—

क्या हुआ, बाबू साहेब?

अरे बाप रे, खून!

सरजू दहशत से भरकर चीखता हुआ गोहार मचाने लगा था—

अरे दऊर लोगनि, सुमेर सिंघ जी के जान...।

होश खोने के पहले सुमेर सिंघ ने सरजू और सित्तू को चुप कराना चाहा था—

कोहराम मचाने की जरूरत नहीं। टोले वालों को कुछ भी पता नहीं चले। लोग-बाग जुटें, इसके पहले मुझे उठाकर...

शिवाले के पास खटोले पर लदे हुए सुमेर सिंघ को गाँववालों ने चारों तरफ से घेर लिया था—खून बहुत निकल गया है...

नाड़ी एकदम धीमी चल रही है।

वैद्यजी ने चिंतित स्वर में तुरन्त पटना ले जाने की सलाह दी थी—

सुधीर, ऐसे कातर नहीं होते बबुआ, अपने-आप को सँभारो। भगवान पर आसरा रखो।

रजुली का रोते-रोते बुरा हाल हो रहा था—कमला मौसी, आप लोग जल्दी कुछ करती क्यों नहीं...ऐसे तो गुरु काकाजी...

कमला ने बाबू बलिराम सिंघ की तिजोरी को पहली बार हाथ लगाया था—

कनिया भौजी, लखन और हीरामन को बाहरी ओसारे पर सुला लीजिएगा, कौन जाने, कब लौटना हो।

बालापुर वाली को जल्दी ही चेत आ गया था। अपनी दालान में बुत बनकर बैठे जियावन सिंघ को देखते ही सारी घटनाएँ दुबारा उसकी आँखों के सामने घूमने लगी थीं—

पगलाये हुए साँड़ की तरह जियावन सिंघ ने कैसे पूरी दालान और ओसारे को खूँद डाला था। घर की सारी चीज-बतुस तहस-नहस, बेंत की कुर्सियाँ टूटकर छितरायी हुई...गँड़ासे के भरपूर वार से पलंग का सिरहाना बीचो-बीच दो टूक होकर नीचे धँस चुका था। खूँटी पर टँगी दोहर को चिथड़े-चिथड़े करके बाहर फेंकते हुए जियावन सिंघ ने फटाफट सारी खिड़कियाँ बन्द कर डाली थीं—किवाड़ की साँकल भीतर से लगाते हुए उन्होंने गर्जन-तर्जन प्रारम्भ कर दिया था—

सातों गाँव का मुखिया मैं हूँ...मुझे ही पट्टी पढ़ाने चला है कमीना...और यह हरामजादी बालापुर वाली, इसने हमारी बन्दूक छिपा दी, नहीं तो आज....एक-एक करके सारे बदले चुक गये होते। मैं चैन की नींद सोता...। गलती हुई, बहुत बड़ी गलती हुई...उस आस्तीन के साँप का सिर कुचलकर उसे हमेशा के लिए...।

बक्सर अस्पताल के डॉक्टर दुबे के अथक प्रयास से सुमेर सिंघ की हालत में बहुत मामूली-सा सुधार हुआ था। खून का बहना रुका जरूर था, लेकिन कमजोरी इतनी बढ़ गयी थी कि कुछ भी कहना मुश्किल था। कमला ने एक क्षण को भी देर करना उचित नहीं समझा था—

डॉक्टर दुबे..., आप हमारे साथ पटना चलें...। सुधीर, तुम अपने गुरु काकाजी की स्ट्रेचर के साथ चलो, मैं टैक्सी यहाँ बरामदे के पास बुलवा लेती हूँ।

पटना अस्पताल के गहन चिकित्सा-कक्ष में सुमेर सिंघ को होश आया था—

कमला...कमला...!

डॉ. दुबे ने कमला, सुधीर और रजुली को भीतर बुलवा लिया था।

एक्सरे की रिपोर्ट देखकर सिविल सर्जन डॉक्टर साहनी ने निराशा में सिर हिला दिया था—

लगता है, मरीज की अन्दरूनी चोट अधिक सांघातिक है—मिस्टर दुबे, क्या आप बता सकते हैं—मेरा तो अन्दाजा है कि ये किसी नुकीली चीज पर पेट के बल गिरे होंगे...इनकी आँत की दशा तो यही कह रही है—चिथड़ा हुई आँत के भीतरी हिस्सों से खून रिसता ही जा रहा है। बचाव के लिए ऑपरेशन के सिवा दूसरा कोई रास्ता नहीं...। और इनकी कमजोरी इतनी अधिक है कि मुझे डर है कहीं...

सुमेर सिंघ ने बड़ी कठिनाई से कमला को निकट आने का इशारा किया था...

तुम्हें मेरी सौगन्ध कमला, जियावन के खिलाफ कोई अभियोग नहीं...। किसी से कोई प्रतिकार नहीं...।

सिरहाने बैठे सुधीर ने सबकुछ सुना था—यह अग्निपर्व सुफल होगा कमू, कोई दुराव नहीं होगा। जियावन नादान है, वह सजा का नहीं, दया का हकदार...सुधीर और राज का ब्याह हो जाता तो...

रजुली हिचकियों के बीच किसी तरह कह पायी थी, आप हमारी चिन्ता छोड़िए गुरु काकाजी, आपकी हालत...

रो...मत...बचिया...गाँव की पंचायत राजी है...तेरी माई, तेरे बाबूजी...और बालापुर वाली ने हामी...

तुम दोनों सुखी...

डॉक्टर दुबे ने जोर देकर सबको बाहर भेज दिया था—

अधिक बोलना इनके लिए ठीक नहीं...। आप लोग...। साँझ की गाड़ी से बिरजू, बालापुर वाली, और दहिवर विद्यालय के सभी शिक्षक पटना पहुँच गये थे। साथ में कनिया भौजी भी...

अब...कैसी हालत है, बबुनी...?

आप क्यों आ गयीं भौजी, वहाँ गाँव में...

लखन और हीरामन दिन-रात अगोरिया में हैं—हमारा मन नहीं माना...और तुमने अपनी क्या दशा बना रखी है...? बालापुर वाली ने आगे बढ़कर कमला को अपनी अँकवार में बाँध लिया था, हमारी आतमा कहती है—जेठ भाई जी जरूर बच जाएँगे...गंगा जी हमारी अरदास कबूल करेंगी, बहिन...।

कमला ने कोई जवाब नहीं दिया था—

हम जानती हैं बहिन, आपके साथ विधाता ने सबसे अधिक जुलुम किया है। किसको दोष दें, अपनी माँग को कि अपनी कोख को...बड़कू ने जो अन्धेर मचायी थी, उसका दंड उसे मिला...। सुधीर के बाबूजी का झूठा अभिमान ही

सारी बरबादी की जड़ साबित हुआ। करम का लेख...माथे पर काल सवार हो तो कोई किसी को समझा-बुझा नहीं सकता...

कनिया भौजी ने बताया था—

नीम पागलपन के दौरे में अपना माथा लोहे की मोटी सलाखों पर पटकते जियावन सिंघ ने आत्मघाती मुद्रा अख्तियार कर ली थी। सित्तू और सरजू ने टोले वालों के साथ मिलकर किसी तरह उन पर काबू पाया था—दालान की खिड़की से बँधे हुए जियावन सिंघ ने चीख-चीखकर बालापुर वाली की सात पुस्त को कोसना शुरू कर दिया था—एक-से-एक फोहश गालियाँ...

दो कौड़ी की तिरिया जात...आ गयी अपनी औकात पर...? मुँह उघाड़े साज-सिंगार करके शहर की सैर करने जा रही है? ताला खोल ससुरी..., फिर तुझे मजा चखाता हूँ, सिर धड़ से अलग नहीं किया, तो मेरा नाम नहीं...। ला मेरी गँड़ासी दे..., कहाँ छिपाकर रख आयी है..., सित्तू, सरजू कहाँ मर गये हरामखोर, हमारा नमक खाकर हमीं से दग़ाबाजी...मैं कहता हूँ खोल दो, मेरे हाथ...खोलो...दरवाजा खोलते हो या तोड़ दूँ...।

बिरजू ने इशारे से बताया था—जियावन सिंघ की दिमागी हालत सचमुच ठीक नहीं...। उसने हमारे सुमेर भाई जैसे सन्त आदमी पर हाथ उठाया! अपने सगे भाई के साथ ऐसा बेवहार...। ऊपर वाला सबकुछ देखता है...कमला बहिन जी...। बस हमारे सुमेर सिंघ जी चंगे होकर हमारे साथ गाँव चले चलें...हमें और कुछ भी नहीं चाहिए...।

गहन चिकित्सा कक्ष के सामने बेंच पर बैठी कमला ने सपना देखा था क्या...?

सुमेर सिंघ के मुख पर, उनके पूरे शरीर पर कैसा पारदर्शी आलोक था...हल्के रेशम का उत्तरीय कन्धे पर डाले, नयी पीली जनेऊ धारण किये वे एक ऊँचे शिखर पर खड़े थे...सीढ़ियाँ नहीं, वहाँ तक पहुँचने का कोई भी रास्ता नहीं, फिर वे कैसे वहाँ तक...।

सुमेर सिंघ के अधरों पर कैसी दिव्य मुसकान थी—

क्या मुझे अकेले ही जाना होगा, तुम मेरे साथ नहीं चलोगी, कमू...?

अरे, यह तुम असमय कहाँ चल दिये...? और तुम्हारा घर-बारी होने का वह सपना—रजुली जैसी पुतोहू, सुधीर जैसा पूत...आँगन में किलकारियाँ भरते बाल-गोपाल...।

सुमेर सिंघ की आवाज किसी कन्दरा से फूटती हुई जान पड़ रही थी—सारे सपने सच नहीं होते पगली...। और फिर मेरी शापग्रस्त जिन्दगी के अधूरे

सपनों की बात पूछती हो...जिसे किसी ने नहीं पहचाना...यहाँ तक कि मेरे भाई...जियावन ने भी मुझे...निस्सन्देह खोट मेरे भीतर ही रही होगी। कमला, अब और नहीं। मैं प्रायश्चित करना चाहता हूँ इस जनम का, इन साँसों का प्रायश्चित...बोलो, मेरा साथ दोगी...?

लेकिन जाना कहाँ है...कुछ कहोगे भी?

जानती हो...कुमुक में सबसे आगे रहकर मैंने गोला-बारूद की बौछार के बीच नेफा की हिम-धवल पहाड़ियों का रूप हमेशा-हमेशा के लिए अपने प्राणों में सहेज लिया था। यती हिमालय के साथ मेरा मौन संलाप महीनों चलता रहा था। एक दिन सारी ऐहिक कामनाओं से मुक्त तुम्हारी शरण में आना है महायती...तुम्हारे शिखरों के उदग्र परिवेशों में अपनी तमाम लघुताओं से मुक्ति पाने की साधना के लिए...तुम्हारी तलहटी में मौन विचरते हुए हमेशा के लिए खो जाने की एक ही कामना लेकर...याद है कमला, तुमने एक बार कहा था, अनुराग को आत्मा के दिव्य-बन्धन की तलाश होती है—बोलो, जनम-मरण के व्यवधान से परे मेरा साथ दोगी न।

बिरजू ने उसे झकझोर दिया था—

उठिए कमला बहिन...सुमेर भाई...।

क्या हुआ सुमेर सिंघ जी को?

बिरजू के बोल नहीं फूटे थे। उन्होंने किसी तरह उँगली के इशारे से...

सुमेर सिंघ की नाड़ियों ने रक्त लेना अस्वीकार कर दिया था...उनकी खुली हुई पुतलियाँ स्थिर थीं।

कमला मौसी जी...हमारे गुरु काकाजी...।

नहीं....ऐसा नहीं हो सकता सुधीर...तुम्हें धोखा हुआ है। राज...ऐसे रो क्यों रही हो—पगली..., वे अकेले चले जाएँगे? मुझे छोड़कर? हरगिज नहीं। जानती नहीं...अभी-अभी तो वे मेरे पास आये थे...कह रहे थे– अग्निपर्व है, इसे पूरा करना है...कमला...नहीं, यह लड़ाई अधूरी छोड़कर जाने का अधिकार उन्हें किसने दिया...किसने?

बिरजू हिलक-हिलककर पाटी से लगे रो पड़े थे...सुमेर भाई, ऐसी दगाबाजी। हमें इस मुहाने पर पहुँचाकर खुद मुँह मोड़ चले। चोला छोड़ने की क्या जरूरत थी भइयवा, सारी जिनगी परमहंस की तरह नेम-बरत का निबाह तो कर ही चुके थे। रजुली...तेरा भाग खोटा था बचिया...तुझे ऐसे देवता सरूप ससुर की सेवा नसीब...।

सुधीर का चेहरा बर्फ की तरह सफेद हो गया था—

काकाजी, आपका अपराधी मैं हूँ, मुझे दंड मिलना चाहिए...मेरे कारण ही आपने...।

बालापुर वाली ने अचेत हो गयी रजुली को अपनी गोद में सँभाल लिया था, तुम्हारे गुरु काकाजी कहीं गये नहीं बहुरियाऽ, उठो बच्ची...होश करो। उनकी आतमा...यहीं है हमारे पास। जीव की सद्गति के सारे करम तुम दोनों को करने होंगे। सुधीर...अपने बड़का बाबूजी की अन्तिम किरिया का सरंजाम जुटावो, बबुआऽ।

बालापुर वाली ने बिरजू की ओर मुखातिब होकर उन्हें बोध देना चाहा था—समधी जी, जेठ भाई जी आपको सन्त कबीर का औतार कहते थे। ऐसे कलपने से उनकी मुक्ति कैसे होगी? संसार से उनका नाता यहीं तक था...उठिए, आपलोग इस तरह देह छोड़ देंगे तो! कमला बहिन...!

पीताम्बर से ढँकी सुमेर सिंघ की काया दहिवर विद्यालय के मुख्य द्वार पर बीचो-बीच पड़ी थी—

घंटी बज गयी, सब बच्चे अपनी-अपनी कक्षाओं में कतार बनाकर जायें। नहीं, ऐसे नहीं, अपनी पंक्ति मत तोड़ो। रानी...तुम बच्चों को चुप कराओ।

अरे, राजेश, तुमने फिर अहाते के फूल तोड़ डाले, नहीं बेटा...ऐसा नहीं करते...फूलों की सुन्दरता डाल पर खिले रहने में ही है न।

नन्हे राजेश की अँगुरी चम्पा के फूलों से भरी हुई थी—कतार से आगे निकल कर उसने अपने बड़े गुरुजी के उघड़े हुए पैरों पर वे फूल उड़ेल दिये थे—

बड़े गुरुजी, अब हम कभी फूल नहीं तोड़ेंगे। आप एक बार उठिए...हमें डाँटिए न, गुरुजी।

फफककर रोते बच्चों की कतार अपने गुरुजी के पाँव छूने के लिए उमड़ पड़ी थी।

हरवाह टोले से निकले नीले खद्दर की कमीजें और खाकी हाफ पैंट पहने, अधभूखे रहकर भी पाठ याद करने की लगन से आकंठ भरे बच्चों की कतारें...माथे पर ओढ़नी डाले, तिरिया जनम की जहालत को हमेशा के लिए मिटा देने का संकल्प साधती—बड़े गुरुजी के विचारों में ढली नन्हीं-नन्हीं बालिकाएँ...गुरुजी, हमारी लड़ाई अधूरी है, आप हमें बीच राह में छोड़कर कहाँ चले गये।

श्रीराम नाम सत्त है। सात गाँवों की भारी जुटान के बीच अरथी उठी थी।

बिरजू को ऐसा लगा था, सुमेर सिंघ उनकी बगल में आ खड़े हुए हैं—

यह लाव-लश्कर देख रहे हो बिरजू भाई। मेरे अग्नि-स्नान से छिटके हुए ये ढेर सारे फूल। यह काया जलने के लिए ही बनी है, भाई। सन्तोष एक ही बात का है—मेरे ये ढेर सारे अंश...यह दहिवर उच्च विद्यालय, तुम, सुधीर, कमला, राज और इतनी बड़ी तादाद में साथ चल रही मेरी मानस सन्तानें...मैं इनकी आँखों में जीवित हूँ...जीवित रहूँगा। इस गाँव के सुख में ही मेरी मुक्ति है, भाई!

चरित्रवन का गंगातट।

सुधीर ने चिता की परिक्रमा की थी...यह असार संसार आपके योग्य नहीं था काकाजी...अच्छा ही हुआ आप...।

एक नन्हीं-सी लपट देखते-ही-देखते महाज्वाला का पर्याय बन चुकी थी—

अस्थि विसर्जन, रामरेखा घाट में शुद्धि-स्नान।

बिरजू की थकी-हारी चेतना निरगुन के सुर में गुँथती चली जा रही थी—

मन फूला-फूला फिरे जगत में कैसा नाता रे।
जब तक जीये माता रोये, बहन रोये दस मासा।

सुमेर भाई, कितने अकेले थे आप...माँ-बहन, अपना कहलाने वाला कोई भी तो नहीं—लट खोलकर विलाप करनेवाली तिरिया? नहीं...आपने किसी को इस जोग नहीं समझा कि वह आपकी...।

लेकिन कमला बहिन जी।

बिरजू ने उन आँखों को दहक-दहककर बुझती हुई कोयले की ढेरी बनते देखा था।

एक बूँद आँसू नहीं, किसी से कोई फरियाद नहीं।

सुमेर भाई, आपकी तिरिया होती, तो सन्तों की बानी उसे बख्श देती क्या—

तेरह दिन तक तिरिया रोवे, फेर करे घर बासा रेऽ।

बिरजू ने अपनी कमरी और सोटा उठाया था—

रजुली की माई, किवाड़ बन्द कर लो। आज की रात हम सुधीर बबुआ के साथ सुमेर भाई की कोठरी में...।

उनके अचरज का ओर-छोर नहीं था—

कमला बहिनजी...आप इतनी रात गये...यहाँ।

गंगाजी की लहरों का सारा आवेग जैसे एक ही स्थान पर बँधकर रह गया हो...कमला की दृष्टि में कुछ वैसा ही असाधारण ठहराव था—

कम-से-कम आपको ऐसे अचरज की भाषा नहीं बोलनी चाहिए। आप तो सबकुछ जानते हैं—यह भी कि उनके अग्निपर्व का अध्याय पूरा करने के लिए मुझे ही आगे आना था, यह दाय मेरा था, केवल मेरा। आज इस कोठरी में एक नयी उजास है बिरजू भाई। एक अलौकिक उजास। मेरी प्रार्थना है, आप अपने घर लौट जाएँ...सुधीर बाहर ओसारे में सो रहेगा। जाने वाले की स्मृति में रतजगा करने का हक...मैं किसी और को नहीं दे सकती, कभी नहीं।

सुधीर ने, बिरजू ने किवाड़ की दरार से देखने का प्रयत्न किया था—

जलते हुए चौमुख दीये के ठीक सामने घुटनों के बल बैठी कमला की आँखें एक नये अग्नि-स्नान का सुख सहेजती अपलक थीं—उनका पूरा वजूद प्रार्थना बन चुका था—अनहद मौन को भाषा देती हुई एक अन्तहीन प्रार्थना।

यद्‌यदाचरति श्रेष्ठस्तत्तदेवेतरो जनः।
स यत्प्रमाणं कुरुते लोकस्तदनुवर्तते॥
वायुरनिलममृतमथेदं भस्मान्त शरीरम्
ऊँ क्रतो स्मर कृत स्मर क्रतो स्मर कृत स्मर।
अग्ने नय सुपथा राये...अस्मान्...
अग्ने नय सुपथा राये...
अग्नि-पथ की ओर...एक यात्रा और...

❑❑❑